像極了愛情

不是每段遇見都能相守，
但每份深情都該被記住。

游碧玉——著

從那年夏天開始，
我們走進了一場命中註定的故事。
這不是一般傳統意義的愛情，
卻是一段只屬於我們的旅程。

【推薦序1】

聲音裡的愛情頻率：
一場沒有訊號的直播

　　「下午4點18分，鎖定FM94.3小王子Lucas的節目。此刻正在市民高架上，用雨刷拭去擋風玻璃上舊日記的你，是否也曾在後視鏡裡，瞥見某個《像極了愛情》的倒影？今天DJ Lucas要推薦的這本書，簡直就是深夜Call-in環節的實體化──每一個章節，都是一首由聽眾點播的〈未完成情歌〉，作者用曖昧拉扯的Line對話編織旋律，『已讀』成了休止符，『輸入中⋯⋯』的閃爍，變成整段樂章最令人窒息的間奏。」

警廣雙金主持人 Lucas

【推薦序2】
在心跳與沉默間，那些未竟的溫柔：讀《像極了愛情》有感

　　求學階段的勤勉向上，執教鞭時的一絲不苟，看似理智且能客觀、成熟地處理各項事務的作者，當愛意來襲，如同你、我，仍舊逃不出情感的束縛與糾葛。

　　《像極了愛情》為一部心靈手札，鉅細靡遺地反映出作者在面臨一段曖昧關係時，內心與感情認知層面的種種變化。從八月的一張早安貼圖開始，到隔年的二月，半年多的訊息往來與語音通話，最後沉默收場。作者「畢兒」以細膩且不失幽默的筆觸，描繪了與「魚兒」這位男子在藉由訊息交流、試探、靠近，卻終究疏離的情感流轉。

　　這不是一部傳統的愛情故事，它除了沒有冠冕的愛情宣言，更無海誓山盟抑或令人欽羨的結局；《像極了愛情》描繪著許多世間男女皆曾經歷過的「關係未明時的困惑」，以及「你一句話我就能開心一整天，也可能難過一整夜」的敏感時刻。每一則訊息背後，藏著不僅是字面意義，更是一份等待、懸念，甚或無數深夜裡未曾發送的私密話語。

　　書中幾處場景，尤其令人感同身受。比如男女主角

對話中,「魚兒」突然問出「你還沒停經吧?」那樣無厘頭又令人震驚的跳躍;又或是「畢兒」明明不想投入感情,卻在對方一句「我不在你身邊,沒辦法照顧你」中,動搖早已固若金湯的心防。這些不只是書中情節,更是你、我在曖昧期與對方往來訊息裡,皆曾親身經歷過的種種。

　　更難能可貴的是,作者並不迴避本身的脆弱與拉扯。她誠實寫下被冷落時的猜疑與自責,也承認在關係裡過度主動、甚至說謊掩飾的難堪。這讓閱讀《像極了愛情》時,不僅讓人一探作者的情感世界,也是一趟讓人在面對誠實、期待,與深陷「有情卻無名」的關係時,令人深思的心靈探索之旅。

　　讀完此書,不禁想起一句詩:「深情是我承擔不起的重負,你卻拿來當作遊戲。」即便如此,這段關係並未徒然。因為我們都知道,在那些無人知曉的訊息背後,曾經有兩個靈魂試圖靠近對方。也許最後沒能牽手,但在那段日子裡,他們都真實地擁有過。

　　這本書推薦給每一位曾在訊息中等待、在貼圖中猜測、在沉默中心碎,卻仍願意相信愛情的人。也許你會在書中看到自己、或是那個你曾經等過,卻再也渺無音訊,從此人間蒸發的對象。

作者大學老師 林浩然

【推薦序3】

這不只是她的故事，也可能是你的寫照

　　在數位時代的浪潮中，人與人之間的連結，往往始於方寸螢幕上的文字。一則早安貼圖、一句簡短回覆、一張隨手拍下的照片，都可能在不經意間，於心湖投下一顆石子，激起層層漣漪。本書，便是這樣一個故事——一個關於文字、關於情感、關於等待，以及關於在虛實之間，尋找真實連結的深刻紀錄。

　　書中記錄了一段「像極了愛情」卻又充滿遺憾與煎熬的旅程。從八月炙熱的開端，到秋日落葉的蕭瑟，再到冬夜的刺骨寒冷，每一個季節的轉換，都伴隨著心境的劇烈起伏。它是一個關於等待、關於失落、關於自我懷疑，也關於在痛苦中尋找出口的故事。

　　你將讀到那些充滿希望的早晨，那些令人心碎的夜晚；那些試圖靠近的努力，那些被無情推開的瞬間；那些關於緣分的思索，那些關於放手與堅持的掙扎。看他／她在詩詞文字裡共舞，在貼圖中傳情，在電話裡分享著生活的瑣碎與心底的秘密。他說：「一起去遠方，有詩的地方」，他說：「以後有什麼事，我一定第一個告訴你」，他說：「愛情大草原」，他說：「我不在你身邊，沒辦法照顧你」……那些話語，像一顆顆糖衣包裹的毒藥，讓她甘之如飴，卻也一步步走向成癮的深淵。

然而，甜蜜總是短暫，沉默與疏離才是常態。他的消失、他的冷淡、他對「曖昧」的否認，像一把把鋒利的刀，一次次劃過她的心。她像一隻飛蛾，明知前方是火，卻仍義無反顧地撲去，只因他曾說過：「我愛你七、八分，有事會第一個讓你知道。」

　　愛情的重量，有時輕如鴻毛，有時卻重如泰山。當這份重量無法被承接，當所有的期待都化為泡影，當心被傷得體無完膚，一個人，該如何繼續前行？

　　這不僅僅是「畢」與「魚」的故事，或許，也是許多人在現代關係中，曾經或正在經歷的困境。在看似便捷的通訊背後，是更加複雜難測的人心；在輕描淡寫的字句中，可能藏著最深的傷害。

　　如果你曾為愛所困，如果你曾深陷曖昧，如果你依然相信緣分，那麼請翻開這本書，讓「畢兒」與「魚兒」的故事，帶你走進這場關於愛與命運的情感風暴。感受那份無處可逃的思念，體會那種錐心刺骨的疼痛，以及在絕望邊緣，那最後一絲微弱的、關於救贖與重生的光芒。這不僅是他們的故事，或許，也是你我心中，那份「像極了愛情」的真實寫照。

　　願每一個在愛中迷失、在情中受傷的靈魂，都能在這段故事裡，找到一絲觸動，一份理解，覺得「啊，這種心情我也有過」然後有繼續向前走的勇氣。

呂慶瑜 2025 年夏，於繁花未盡處

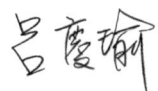

【作者序】

緣起三生，情定三世

　　循著那深厚的緣分，我踏著時光的長河，尋你而來……在那遙遠的過去，我們曾在佛前相遇。你如凌波仙子般輕盈地走來，身姿如蓮花般清雅，步履間帶著天地間的靈氣。你的歌聲如天籟，在虛空中迴盪，餘音繞樑，彷彿能穿透時空，直抵我心。那一刻，我多麼希望時間就此凝結，讓這一瞬成為永恆。你幾次回眸，目光如星辰般閃耀，朝我的方向看來。那一瞬間，所有的記憶如晨曦般緩緩升起，清晰而溫柔，深深烙印在我的靈魂深處。這短暫的交會，如曇花一現，卻成了我心中永不凋零的風景。

　　今生，循著前世的記憶，我再次尋你而來……這一世，我們在人海中相遇。你如修竹君子般翩然而至，身姿挺拔如松，氣質如玉樹臨風，舉手投足間盡是優雅與從容。你的舞姿如竹風般輕盈，每一步都撩撥著我心底最深處的情思。我屏息凝視，渴望時間再次為我們停留。你幾次回眸，目光如電光火石，穿透了我的靈魂，喚醒了我腦中深處的記憶。那一刻，我明白，我們的靈魂早已在某個時刻交織在一起，這份牽絆超越了時空，超越了輪迴。

未來的那一世，我將再次循著前世的記憶而來。無論我們在何處相遇，我相信，我們都能輕易地找到彼此，並再次被對方的靈魂吸引。這份深情與緣分，是心靈的共鳴，是同頻的交流，是前世今生的約定。佛祖許下三生三世的緣分，但前兩世，我們如隔岸的星辰，遙遙相望，卻未能如願相互擁有。直到第三世，命運的長河終於將我們推向彼此，這份緣才得以圓滿。在輪迴的洪流中，我們彼此尋找、彼此守護，直到那命定的時刻，命運的齒輪將我們推向那最終的相遇，讓我們的靈魂在時光的盡頭重逢。我們的愛情，將如同那遙遠的星辰，永恆閃耀，照亮彼此的生命，成為天地間最動人的傳說。

　　這本書，是我對這份緣分的告白，也是我對你的深情寄語。願這份愛，如星辰般永恆，如緣分般深厚，如三生三世般綿延不絕。

游碧玉 Bea

目錄 *Contents*

【推薦序1】聲音裡的愛情頻率：
　　　　　一場沒有訊號的直播／Lucas 2
【推薦序2】在心跳與沉默間，那些未竟的溫柔：
　　　　　讀《像極了愛情》有感／林浩然 3
【推薦序3】這不只是她的故事，也可能是你的寫照
　　　　　／呂慶瑜 5
【作者序】緣起三生，情定三世 7
【故事開始前】相遇在這個夏天 10

2024 / 8 月份
　🍃　相逢自是有緣，相逢必定曾相識 13

2024 / 9 月份
　🍃　與君初相識，猶如故人歸 19

2024 / 10 月份
　🍃　有花堪折直須折，莫待無花空折枝 51

2024 / 11 月份
　🍃　只願君心似我心，定不負相思意 85

2024 / 12 月份
　🍃　此情無計可消除，才下眉頭，卻上心頭 115

2025 / 1〜2 月份
　🍃　君問歸期未有期，巴山夜雨漲秋池 157

【後記】在另一個季節與你相遇 220

【 故事開始前 】

相遇在這個夏天

　　今年夏天的陽光彷彿要將整個世界煮熟，像一把無情的火焰，猛烈地灼燒著大地。植物在這酷熱中無法承受，葉子垂下，似乎在哭泣，露出一抹憔悴的綠意。空氣中彌漫著焦躁的熱浪，令人感到窒息，彷彿每一口呼吸都帶著燒灼的感覺。

　　人們的皮膚在陽光的照射下，宛如快要脫皮的水果，隱隱作痛，彷彿每一寸肌膚都在抗議這種炙熱的折磨。每一步都像踩在燒紅的鐵板上，汗水不斷滑落，讓人只想逃進有冷氣的避風港，享受那一絲絲的涼爽，讓身心得到片刻的安慰。在這樣的夏日中，所有生命都在尋找避暑的庇護，渴望那一抹清涼，暫時逃離這無法忍受的熱浪。

　　就在這樣的酷暑中，鄭姐帶我來到一個有冷氣、又可以運動的地方，最重要的是，這裡的價格不貴。在這裡，大家盡情地飆汗，兩三個小時下來，消耗了超多卡路里，感覺心肺功能也變得更好！這裡不僅讓我擺脫了炎熱的困擾，還讓我重新找回了運動的樂趣。

　　而我與他，就在這個避暑的庇護所裡相遇⋯⋯

Summer 2024

　　空氣中彌漫著清新的冷氣，讓人瞬間感到舒適。陽光透過窗戶灑進來，映照在他微微汗溼的髮梢上，彷彿為他披上了一層金色的光暈。他站在場中間，隨著音樂的節拍輕輕搖擺，神情專注而自在，彷彿這個世界只剩下他和音樂。

　　突然，他向我伸出手，邀請我一起舞蹈。那高挑的身影和俊俏的臉龐，搭配獨特的舞步，深深吸引著我。當他的目光與我相遇，我的心跳不由自主地加速，彷彿整個世界都在那一瞬間靜止。他的眼睛像深邃的湖泊，閃爍著自信與熱情，讓我無法抗拒他的邀請。

　　我微微一笑，心中湧起一股勇氣，決定跟隨他的步伐，投入這場舞蹈。隨著音樂的節拍，我們開始互相尬舞，彼此的動作在音樂中交織，彷彿無形的火花在空氣中爆發。每一次轉身和跳躍，都讓我們的距離越發親近，笑聲在舞蹈場裡迴盪，宛如音樂的和聲。

　　這一刻，周圍的環境似乎都消失了，只剩下我們的舞蹈和那份默契。我的心為之震動，充滿了期待與興奮。舞動之間，我感受到他身上的熱量與活力，彷彿這份能量能驅散所有的煩惱與焦慮。就這樣，我們在音樂的旋律中盡情舞動，彼此的笑聲如同清泉，滋潤著這個炎熱的夏天。

　　隨著舞蹈的律動，我們開始交談。他的聲音低沉而

清爽，彷彿能融化夏日的酷熱。我們聊著彼此的興趣和運動的樂趣，時間在不知不覺中流逝。周圍的人們在運動時發出的笑聲與交談聲，成為我們之間的背景音樂，讓這一刻顯得格外親密。

在這個避暑的庇護所裡，我們的心靈也在這涼爽的環境中交融。彼此的笑容如同清風，驅散了夏日的炎熱。每一次的對話都讓我更加期待未來的相遇，讓我看到，這個夏天不再是單調的，而是充滿了色彩與可能性。

隨著時間的推移，我們的交流變得越來越自然，彼此的默契也越加深厚。舞蹈場裡的音樂依舊在迴盪，但我們的心卻在這片刻的寧靜中找到了共鳴。那份期待與興奮，讓我不禁思考，或許這個夏天會成為我生命中的一個特別轉折點。

在這樣的時刻，我明白了，夏天不僅是炎熱的代名詞，它也可以是相遇的契機，是心靈交融的場所。當我們在這個避暑的庇護所裡，彼此的笑容與舞動，將成為我心中永恆的記憶，期待著未來更多的相遇與冒險。

2024 / 8月份

相逢自是有緣，
相逢必定曾相識

Those Days in August 2024

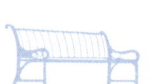

訊息裡的魚：心跳與失落的迴聲

　　八月，夏末的餘熱還未完全散去，我的心卻已隨著手機螢幕上的跳動，預演著一場季節的更迭。故事，從一個平凡的星期四開始。

　　清晨，手機傳來「魚」的早安貼圖。那時我正手忙腳亂地準備迎接一天的課程，指尖在鍵盤上飛舞，心裡劃過一絲暖意，卻無暇回覆。

　　傍晚時分，我在土地公廟準備燒香。為了測試他給的電話號碼是否為真，我向中華電信求證，結果我們通話了一分四十一秒。那短短的一百秒，我的心跳快得像要衝出胸腔。我害怕他追問我「為什麼不結婚」，更害怕自己會對著一串數字心動。最後，只能以「垃圾車不等人」為藉口，匆匆掛掉了電話。

　　那天晚上，手機再次震動，是魚兒的 Line 訊息，問我為什麼倒個垃圾就消失了？

　　他那時真的在等我嗎？等著我倒完垃圾再繼續聊嗎？心裡充滿了恐懼，一種被窺探的恐懼，一種不知道如何面對他的恐懼。如果他追問我的住處，或問我一些私人問題，比如：「為什麼不結婚？」等等，我該怎麼回答。我不想隨便應付他，但也不想和任何男生有過多的瓜葛。過去，每當有人問起這些問題，我總能胡亂搪

塞過去。但面對他，我卻感到無所適從，彷彿所有的偽裝都瞬間失效。

接下來的星期五，早晨互傳了早安圖。傍晚，我分享了一個網路笑話，他回了一個笑臉。簡短的互動，像一縷陽光，短暫地驅散了心頭的陰霾。

星期天，魚兒問我是否去運動，我說要準備上班便當，祝他玩得開心。他回了加油，我帶著一絲遺憾說上班後平日就難有機會去看他了。簡單的對話，現實地提醒著，我們的生活有各自的軌跡。

星期一，只有互發早安圖。日子像被按下了慢放鍵，只有早晨那一點點微弱的連結，像遠方傳來的微光。

星期二，早晨互傳早安圖後，他問我是否上班了。我回覆正在開會和整理東西，並發了一張在辦公室電腦前的照片。他很聰明，馬上就猜出我工作的內容。下午，開完會回到辦公室，看著螢幕，心裡突然湧起一股暖流，感謝他今天給我正能量。他總能在不經意間，給我帶來一些力量，像一陣清風拂過心田。

星期三，魚兒直到晚上才回覆中午的訊息。我忍不住帶著一點點撒嬌地語氣問：「你今天很忙喔？因為你都不理我呀！」這是我第一次在他面前流露出這樣的小情緒，心裡有點忐忑，又有點期待。

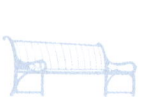

　　他立刻回：「沒不理你呦！」然後，話鋒一轉，那個讓我心頭一緊的問題就來了：「你為什麼不交男朋友呀？」我還沒來得及回答，身體卻先給出了反應。連續上班的疲憊和緊張，讓我在下班前肚子超痛，回到家就拉肚子了。我把這狼狽的狀況告訴他。他先是給了個吃火龍果的離奇建議，接著又跳回：「你為什麼不結婚呀？」我無奈地回：「沒有為什麼呀！」他卻開始分享他吃火龍果的「恐怖」經驗，甚至詳細描述拉肚子的窘況。

　　這是在哈囉嗎？從結婚跳到拉肚子？這話題轉得也太跳躍了吧！真是讓人哭笑不得！我真是傻眼了，忍不住想給他一百個白眼。白眼，白眼，白眼……這混亂的對話，既荒謬又讓人無奈。

　　他接著問：「你一個人住林口嗎？會不會無聊？」我回：「不會呀，習慣了！」然後，他突然迸出一句：「你還沒停經吧？」

　　這是在問什麼鬼問題？我們有熟到可以問這種事嗎？這也太沒禮貌了吧！傻眼貓咪！我感到被冒犯，但還是努力保持冷靜，帶著一絲質問回：「帥哥，你這樣問會不會有點沒禮貌？」

他似乎意識到了什麼,語氣軟了下來:「沒事,自己身體要顧好!我不在你身邊,沒辦法照顧你!」

　　等等,這句話……這是在撩我嗎?「我不在你身邊,沒辦法照顧你!」心裡突然像被什麼輕輕撥動了一下,暖暖的,彷彿有種特別的連結在這一刻產生。那種感覺,像一道暖流,瞬間融化了之前的尷尬和不快。

　　我藉機分享了一段關於人生的感悟,也提到媽媽。魚兒說我媽或許已經輪迴轉世了,還提到我們兩個上輩子可能有什麼關係,現在才會在這裡相遇。他認為一切都是緣分。聽到這些,我不禁思考起緣分的奧妙,似乎每個人都有自己今生前世的故事,而我們,或許也是其中一段未完待續的篇章。那種「緣分」的說法,讓我在混亂中找到了一絲浪漫的慰藉。

　　星期四,日子再次回歸平淡,只有影片分享及早安圖,像等待潮汐的沙灘。

　　星期五,魚兒發來一段影片和早安圖。他似乎很喜歡影片裡的一段話,不僅傳了圖片,又再打一次文字回傳給我:「朋友交得好,一生忘不了。說說心裡話,天天問個好。共度人生路,健康活到老。」並寫下:「人生沒有等一下,只有活在當下,別以為可以等一輩子,等一等就錯過了一輩子!」

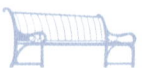

　　我回他：「說得極好，但其實我更怕『深交後的陌生，認真後的痛苦，信任後的利用！』」這句話，像一道預言，也像一面鏡子，映照出我內心深處關於愛與關係的恐懼。

　　魚兒回了一句：「且走且擔心，且走且嫌棄，且走且放棄。」這句話……怎麼聽起來像在說他自己？因為到目前為止，我沒有嫌棄過他，也沒放棄他啊。難道這是在暗示什麼？

　　其實，當我在寫下這些文字時，我正在承受那份「認真後的痛苦」。那是一種痛徹心扉、撕心裂肺的痛，若不是親身經歷過，誰又能真正體會？這份痛，如同秋風掃落葉，每一片飄落的葉子，都帶走了我心中的一份希望。在孤獨的夜裡，我感受到那種深切的落寞，彷彿整個世界都在嘲笑我的無知和幼稚。

　　秋天落葉落下時，它輕輕對我說：

「魚兒現在已經不再喜歡我了。」

　　那聲音很輕，卻重重地砸在我的心上，宣告著這場始於訊息、短暫激起心跳的追逐，或許已在不知不覺中，迎來了它令人心碎的結局。

2024 / 9 月份

與君初相識，
　猶如故人歸

Those Days in September 2024

2024 / 09 / 01 (日)

魚：早安貼圖 11:27

我：你剛起床？ 11:43

魚：YES！ 11:44

魚：準備去運動！ 11:44

魚：你呢？ 11:51

我：好啊！ 11:59

我：回到家了沒？ 17:27

魚：回到家洗完澡了。 19:05

魚：你很在乎我嗎？ 19:05

魚：你很喜歡我嗎？ 19:05

魚：昨天下午五點多開車回家時，等紅綠燈等太久，不小心睡著了。 19:24

魚：醒來時，前面的車子全都不見了。 19:26

我：這太危險了啦！ 19:26

魚：因為在車上吹著冷氣，聽著音樂，舒服到不要不要的！ 19:27

我：是有點好笑，但真的很危險啊！ 20:28

魚：我以為你是小草粉絲，原來你是張君雅小妹妹呀！ 21:56

我：？？？ 22:02

我：小魚晚安。累了就早點休息,不要一直游來游去啦！ 22:04

魚：嗯！22:04

魚：夢裡再相見⋯⋯ 22:34

魚：夢裡啥都有。22:36

魚：夏眠不覺曉,處處愛睏鳥。夜來冷氣聲,電費知多少。23:21

上午11:27,魚傳來早安圖。說準備去運動,下午我們還一起去運動流汗,度過了美好的週日午後。

到了晚上19:05,他突然問：「你很在乎我嗎？你很愛我嗎？」

第一次遇到這麼直接的問題,讓我有些招架不住,沒想到真的有人會這麼直白地問出口。

他還分享了開車時小睡的趣事,還提到了木可的小草,聊天間充滿了輕鬆和親密。

臨睡前,他特地寫了一首打油詩,隔天一早看到,我忍不住笑出聲,馬上回他：「帥哥真厲害,還押韻,不是隨便寫的呢！」

他秒回：「你不知道我魚兒很有才,琴棋書畫吟唱樣樣通！」

第一次覺得這個人,好臭屁啊！

2024 / 09 / 04 (三) ☺

魚：早安貼圖 09:27

我：早安！10:28

我：剛剛發現今天下午不用開會耶！10:29

魚：所以？10:33

我：你可以還債了！11:15

魚：今日工作繁忙，不克出席武力全開活動，感恩！12:03

我：沒關係，生意重要。12:33

我：祝你生意興隆，賺大錢！15:26

魚：貼圖 16:16

魚：我回來囉！16:20

　　早上收到魚傳來的早安圖，心情瞬間被點亮了。
　　我告訴他下午不用開會，想邀他一起去運動，他卻幽默回覆：「今日工作繁忙，不克出席武力全開活動。」
　　這種帶點俏皮的回應，讓我忍不住笑了出來。
　　雖然有點小失落，但我還是體貼地說：「沒關係，生意要緊。」
　　這段輕鬆的互動，讓我感覺彼此的默契又更加深了些。即使無法見面，但有他這樣的小回應，每一天都充滿了期待。

2024 / 09 / 05 ㈣ ☺

　　早上，我們互道早安。

　　上午 8:53，他傳來了一張高架道路的照片，兩旁的景色讓人覺得格外親近。

　　我忍不住回：「你開車也這麼忙哦，小心開車！」

　　然而，他卻已讀不回，心裡湧上了一絲失落。

　　雖然沒有說話，但心底依然暖暖的，彷彿知道他其實有默默想著我。這樣微妙的情感，讓我覺得幸福又酸澀。

2024 / 09 / 06 ㈤ ☹

　　一大早，他傳來了馬卡龍配咖啡的早安圖，讓我心情一振。我笑著回：「你今天好早喔！」

　　但他依舊選擇已讀不回，讓我有些小小的無奈。

　　下午 14:01，他又發來一張美食照，15:30 再傳來一張道路照片。

　　雖然這些訊息讓我心生期待，但他還是沒有要跟我聊天的意思。於是，在下班前，我鼓起勇氣回了句：「炸蝦看起來好好吃喔！」

　　結果，依然已讀不回。心裡湧上一絲說不清的失落與疑惑。

2024 / 09 / 07 (六) ☺

　　互道早安後,我將他昨日拍的道路照片美化了一下,還附上一首小詩:

無限熱愛新的一日
今日的秋陽炙熱如火,今日的車流川流不息,今日的生意紅紅火火,再次欣賞這個世界,依然熱愛新的每一日。

　　不久後,他傳來一張釋迦的照片。
　　我好奇地問:「這是你種的嗎?」
　　他回:「不是呢,是朋友種的。」
　　心裡不免有點失落,於是又問:「改天帶我去看看吧!」
　　但他還是已讀不回,我開始懷疑自己是不是問太多了。即使如此,我仍然抱著希望,期盼著能有更多一起分享的時光。

2024 / 09 / 08 (日) ☀

魚:早安貼圖 08:07
我:早安貼圖 09:08
(之後收回了好幾則訊息)
我:貼圖 22:37

2024 / 09 / 09 (一) 😶

魚：怎麼收回啦？06:04

魚：早安！06:11

我：語音通話結束 06:14

魚：愛出者愛返，福往者福來！06:16

我：可以翻成白話文嗎？06:49

魚：這就是白話呀！07:05

我：用愛對待別人，將來別人也一定會用愛來回報你。
　　這才是真正的白話呀！09:27

魚：笑臉貼圖一枚！09:36

　　昨天互道早安後，便沒有再收到他的訊息。

　　我因為無聊，分享了一些上班日常的照片，但他全都已讀不回，我心情低落到極點。於是賭氣，在睡前把所有照片都收回，心裡滿是怒氣和委屈。

　　今天清晨，他傳來訊息問我為什麼收回。

　　雖然我馬上打了通電話過去，並隨口編了個理由，但心底其實很清楚：我是在害怕。

　　魚這個人，太神秘了。我真的能完全信任他嗎？我不知道。這些疑問在心中盤旋不去。

　　後來，他傳來一句：「愛出者愛返，福往者福來！」

　　我不了解意思，忍不住請他翻譯，他卻說這就是白

話。既然他不肯解釋，那我自己去查資料，查了後才明白這句話的意思是「用愛對待別人，別人也會用愛來回報你」。

　　一瞬間，我反思了一下：是不是因為我賭氣收回了訊息，他才用這句話提醒我，我沒有好好用愛對待他呢？

　　內心湧起一股深深的自責。

2024 / 09 / 10 (二)

　　一大早，他就傳來了早安圖，還附上一句話：「你今天早上起來有想我嗎？」

　　這句話直白又甜蜜，讓我的心瞬間「咚咚」亂撞。看來他是真的很想我，才會這樣問吧！

　　我曾經看過一段話：「你是我入睡前最後的思念，也是我醒來時第一個浮現的身影，即使在夢中，你依然是我最渴望遇見的人。」如果有一個人能讓你擁有這樣的感受，那麼，他便是值得你全心去愛的人。

　　魚就給了我這種感覺，也讓我忍不住思考：「我是否也給魚同樣的感覺呢？」

　　下班後，我去了趟桃園，隨手拍了一張道路照片傳給他。

　　他問我去中正路做什麼？

　　我調皮地回：「想去大有路找你，嚇到了嗎？」

　　他回答：「Scary！」

我立刻補充：「哈哈，我只是迷路，想問路而已。」又趕緊補上一句：「Just kidding！Don't worry！」

他則回了一張「OK」的貼圖。沒想到，我的小魚兒，英文也很可以呢！

這樣的互動讓我心裡暖暖的。雖然只是簡單的對話，卻讓我期待與他每一次的交流。

每當想起他的回應，我心中總會浮現出一股甜甜的感覺，彷彿他就在我身邊。

我開始期待著未來能更深入了解彼此，看看這段關係能否發展成一個更美好的故事。

每一次的早安，每一次的對話，都是我心中最珍貴的回憶。

2024 / 09 / 11 ㈢ 😁

早晨 8:33，我們互傳早安圖，開啟心情愉悅的一天。

中午過後，魚傳來訊息問我：「你中午會迷路去運動嗎？我等等要迷路去運動。」

很遺憾，我今天要開會，只好跟他說下次再約。

接著，我調皮地說：「真希望你能迷路到我心裡。」

晚上，他回了一個得意洋洋的貼圖，逗得我忍不住笑出聲來。

2024 / 09 / 12 ㈣ 😊

今天，魚似乎很忙，直到傍晚才傳來一段影片。

我回覆他：「謝謝你的分享！」

這樣的小互動，雖然簡單，卻是我現階段生活中的小確幸。我期待著與他的每一次交流，心中充滿了甜蜜的期待，期盼未來有更多這樣的時刻，讓我們的關係更加緊密。

2024 / 09 / 14 (六)

一大早，魚又傳來了早安圖，並問我：「你今天會去運動嗎？」我跟他道了早安，並說明自己才剛起床。

過去這一週，我忙得像蜜蜂一樣，昨晚回到家已經10點多了，只有一個字能形容──「累」！

我並沒有正面回答要不要去運動，心裡也不知道為什麼有點逃避。或許是因為連續的疲累，讓我無法好好思考吧。

接著，他又傳了一張拜拜的照片。一開始我沒看懂，後來他補發了一張照片並加上文字說明，才知道他是在慶祝土地公生日。

這讓我覺得驚喜。原來魚也是個虔誠的人，像我一樣對土地公心懷敬意。

我們有共同的信仰，讓我感覺我們之間的距離又拉近了些，也讓我對他的印象更加分。我期待著未來能有更多這樣的交流，不只是日常的問候，還有信仰與其他興趣的分享，讓我們的關係能更加緊密。

2024 / 09 / 15 (日) ☺

　　一早八點多,他傳來了早安訊息,我也回了一張早安圖。由於叔叔送了我一大箱柚子,但我吃不了太多,就想著分魚一些!

　　於是早上 9:14,我傳 Line 問他:「你喜不喜歡吃柚子?」

　　魚回覆:「怎麼了?」

　　接著又問:「柚子還是文旦呀?」

　　我回覆:「可以講話嗎?」

　　他說:「可以!」

　　之後因為 Line 電話打不通,取消了好幾次,他傳了一句話,跟我說他正在通電話,於是我耐心等待他結束通話。之後我們通上電話,並約定一起去運動,然後再去拿柚子。期待著我們的約會!我心裡充滿了期待與甜蜜。

　　這天下午,我和魚一起愉快地運動,接連跳了兩首 Samba,整個氣氛既輕鬆又開心,笑聲此起彼落。

　　傍晚回家後,我傳訊息感謝他今天的陪伴。

　　「謝謝你今天陪我運動,尤其兩首『Samba』,真是太開心了!」隨後還附上了貼圖表達我愉悅的心情。

　　他也回覆我:「謝謝你的文旦跟鳳梨酥!這是我今年收到最喜歡的禮物!感恩認識你!感恩你的慷慨!感

恩你的中秋祝福！」不管這話是真是假，都讓我感到開心又感動。

過了一會兒，他又傳來訊息說：「我喝了兩罐啤酒……現在……有點醉了……」

我心疼地說：「若是需要幫忙，我永遠都在喔！」

他回我：「你好好喔！」

我半開玩笑又認真地回：「我是很好啦，但不想被發『好人卡』……我並不是對每個人都這麼好的喔！」

他回：「這樣子呀！」

我繼續補充：「是呀！只對你好喔……也許你會問我為什麼？告訴你吧，因為最近我頭好暈喔，也只能對你好一點，免得你一直在我的世界裡打轉！轉得我頭好暈喔，哈！」

魚兒說我人很好的時候，我感覺就像陽光般溫暖了我的心，讓我更期待，未來能與魚有更多甜蜜的互動。

2024 / 09 / 16 (一) ☺

一大早，他傳來了一張早安圖，還附上一段懷舊影片，讓我回想起小時候在鄉下的點點滴滴。

我好奇地問他，是否也經歷過影片中的那些場景。腦海裡浮現出「大灶」這個詞，心想：你應該沒看過吧？

沒想到，他居然說自己燒過，還提到苗栗鄉下也有這種傳統。我心中一驚，以為魚是苗栗人，還好不是，

這才稍微鬆了一口氣。

到了 18:38，他又傳來一張照片，看視角是他從駕駛座上拍下的畫面，擋風玻璃前面是一道美麗的彩虹，然後發訊息跟我說，他從春日路橋下來時，拍下的彩虹！

我忍不住笑了，心想：哈哈哈，真的是這樣嗎？其實我馬上就發現了，魚應該是想讓我知道他買了新車吧！

晚上 9:37，他又傳來一張喝啤酒的照片，我也立刻回傳了最近喝啤酒配紅草蝦的照片，跟他隔空乾杯，他也藉由文字跟我乾了杯！

這樣的互動讓我愉快，我已經在期待我們的下一次相聚了。

2024 / 09 / 17 (二) 😢

一大早，Line 的訊息提示音響起。

是魚傳來訊息：「畢兒早呀！中秋節愉快！」

接著又說：「今天我回龍潭陪媽媽過中秋！」

看到他這麼早就想到我，我心裡暖洋洋的。

我回覆他：「魚兒早安！才剛起床就看到你的訊息，心裡暖暖的，世界很美好。開心！」

到了下午，我跟他說早上去了土地公廟拜拜，下午在打包要準備搬家。

晚上他看到我的訊息後問：「要搬回鄉下啦？」

我回答：「不是耶！」

他追問：「要搬到哪兒呢？」

我鼓起勇氣試著撩他，打趣道：「你覺得搬到你心裡可以嗎？」第一次這樣撩他，心跳加速，有點小擔心……不知道他會怎麼想。

同時問他：「你回到家了嗎？」

他說：「剛剛回到家。」

我關心地問：「今天愉快嗎？」

想到他說回家陪母親過中秋，我感性地說：「我們都要珍惜當下！一轉眼，我媽已經走了四年，前三年我時不時會夢到她，但到了第四年，她已經沒有再入我夢裡了。或許，正如你所說，她已經去投胎轉世了。」

魚也跟著感慨：「是呢！珍惜當下擁有的一切，也要珍惜身邊愛你與你愛的人！」

魚接著說：「你知道為什麼你前三年會頻頻夢到你母親，第四年就沒再夢到嗎？」

我說：「你知道？」

魚說：「因為『三年』實際與人幼年期約三歲才能離開母親照顧有關。換句話說，父母在你最無助的前三年不離不棄，你守孝三年是一種『等價的回報』，但是現代人太忙碌，對年做一次就已經功德圓滿，因此滿三年時就不會再有特別的儀式。」

魚接著又說：「這世界雖然破破爛爛，但總有人縫縫補補！仰望星空，腳踏實地，全力以赴，不留遺憾！」

　　我回應：「我不覺得世界破破爛爛，我覺得藍天白雲很美好，而今夜星空下的月亮真美。」

　　這段對話讓我感受到，遇到同路人的共鳴，也讓我對他更加崇拜。

　　晚上11點多，他又傳來訊息：「啥時要搬走呀？要幫你載東西嗎？我有小貨車呢！」

　　魚兒熱情地說要幫我搬家！「趁我還年輕有力氣，一趟搬不完可以搬第二趟！我可是很會搬家的人呢！」他說。

　　我趕緊回：「哈，不用麻煩啦！我有聯繫搬家公司了，況且有些大型家具還是需要找專業的人來處理！」

　　說完我便道了晚安。他還是回應：「有需要幫忙說一聲……別客氣！只圖一杯咖啡、一塊蛋糕！」並祝我晚安。

2024 / 09 / 18 (三) 😣

　　我一早就急著找魚兒澄清，告訴他已經跟搬家公司說好也付了訂金，取消的話無法退還訂金，非常感謝他的好意，但這次不麻煩他了。他看完後沒有多說什麼，只是傳來了一個笑臉貼圖，讓我感到一絲不安。

2024 / 09 / 19 ㈣ 😖

我傳了早安圖，但他只是已讀未回。

心裡不禁想：難道他已經察覺到，我在編造藉口嗎？

唉，魚兒呀，對不起！對不起啦！

我真的不是故意的。我只是……想要跟你坦誠相待，因為我在乎你，想真心對待我們之間的關係。

只是，一開始的小小謊言，現在卻成了心中的重擔，讓我好困擾。

所以……魚，我真的，真的不是故意的。一開始，我也沒料到，自己會這麼在意你呀。魚兒，希望你能理解我的心情。

2024 / 09 / 20 ㈤ 😢

魚：早安貼圖 07:34

我：早安！你今天怎麼這麼早起？ 07:35

我：可以説話嗎？ 07:35

魚：可以呀！怎麼了？ 07:38

我：等我一下，我在 7-11 買咖啡。 07:38

魚：你幾點上班？ 07:40

我：你是不是聽不到我？我在地下室了！ 08:09

（語音通話結束）08:09

我：謝謝你！不管怎麼樣，我還是要打起精神來上班。

08:13

魚：逝者已矣，生者如斯。08:13

我：嗯，我們要好好把握現在的一切！感謝你，誠摯的好朋友！08:16

魚：有空聽聽歌或音樂，讓自己舒緩一下心情！加油！愛你呦，畢兒！08:18

魚：可以聽一下王心凌的〈我會好好的〉。08:18

魚：乖乖！收起感傷，要上班囉！08:18

我：好，謝謝！我會好好上班的！08:19

魚：想哭再打 Line 給我！08:20

我：好！08:20

魚：你真幸運！這把年紀了還能認識我這個保有幼稚之心的魚兒！想想開心的事，讓自己笑一笑吧！少一點憂傷……畢竟來日方長！08:33

我：你很搞笑，什麼叫「這把年紀」？聽起來好像我已經七老八十，是個拄著柺杖的老奶奶一樣！08:37

魚：突然想到一句國中學到的詩：「相見時難別亦難，東風無力百花殘！」08:42

我：我也想到有人說過：「以前年輕時，春風得意馬蹄急，不怕人間有別離；後來才發現，和有些人見面，有可能是最後一面。驀然回首，秋月無邊，紅塵無岸……人生太短，熬不到來日方長；前路太短，不一定走到白髮蒼蒼！不是年少守不住初心，而是歲

月慌了人心！一輩子真的好短，要好好珍惜身邊愛你的人和你愛的人，因為人生沒有下輩子！Love from Bea！」08:45

魚：嗯！人生無常，大腸包小腸！08:47

我：你真的很搞笑耶，什麼大腸包小腸啦！08:51

我：你該起床準備上班賺錢了！願你今天一切順利！Love！08:51

魚：我昨天晚上壓力超大，幫客戶趕設計稿，搞到凌晨三點多才睡，才成功定案！現在又要起床了。唉，這樣的人生，也只能笑著以對。08:57

魚：一棵樹搖動另一棵樹，一片雲推動另一片雲，一個靈魂喚醒另一個靈魂，生活就是這樣，呼吸著，願我們未來的歲月繼續美好！08:58

我：謝謝！我也希望未來不管發生什麼事，我們都能相知相惜，擁有美好的未來。10:00

我：我們剛剛防災演練完畢，外面好熱，還好辦公室裡很涼爽！10:15

魚：剛剛手機響了，嚇我一跳！10:21

我：早上就有跟你說，我們今天九點多會防災演練。10:22

我：下班囉！17:08

魚：好好好！17:22

早上 7:34，魚傳來了一張早安圖，而我則是徹夜未眠，心情極度低落，因為我同學張〇泉走了……

這個消息讓我無法承受，而且他早在半年前就離開人世了，全班竟然沒人知道。我聯絡不上他，試著打他的手機，電話通了但沒人接。

後來，我找了曾〇霞和張〇湧幫忙，他們給了我張〇泉店裡的電話。當得知他已經離開的消息時，我崩潰了，失眠了，哭了很久。

今早，魚兒救了我一命，讓我悲傷的情緒有了出口。我從 7-11 拿完咖啡後，一路和魚聊到地下停車場，聊了 20 多分鐘。他鼓勵我聽音樂舒緩心情，並叮囑我要收拾起感傷，好好上班，想哭的時候隨時可以找他。

我覺得，魚就是我的靠山，他能理解我、懂我。

8:33，魚又發來訊息：「你真幸運！這把年紀了還能認識我這個保有幼稚之心的魚兒！想想開心的事，讓自己笑一笑吧！少一點憂傷……畢竟來日方長！」

但其實，有時候來日並不方長……

很多時候，有些人，早已在不知不覺中見了最後一面。（母親如此，摯友張〇泉亦是如此。）

我感傷道：「驀然回首，秋月無邊，紅塵無岸，才驚覺人生如夢，短暫得讓人措手不及。

前路太短，未必能走到白髮蒼蒼；歲月太急，初心

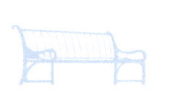

未改，卻已慌亂了人心。

　　一輩子，真的太短，短到來不及說再見，短到無法等待來日方長。所以，請好好珍惜身邊愛你的人與你愛的人，因為人生沒有下輩子，唯有此刻，才是真正的永恆。」

　　在和魚的聊天下，我的心情平復了許多。魚真的是一個懂我的人，我希望他也能好好珍惜我！

2024 / 09 / 21 (六) ☀

　　今天一早，魚傳來一張他在掃街的照片，跟我說他在當環保志工。

　　我好奇地問：「這是在大有路附近嗎？」

　　他立刻回覆：「對！就在桃林鐵道旁。」

　　看到他參與這樣的活動，我心中充滿了欣慰和驕傲。環保志工的工作不僅辛苦，還需要大量的時間與體力，讓我對魚的精神感到深深的感動。

　　他的行動讓我重新思考自己對環境保護的努力。

　　生活中，我們常常忙於自己的事情，卻忽略了周遭的環境問題。

　　魚用行動提醒了我：保護地球是每個人的責任。

　　未來，我也希望能有機會和魚一起參加這類活動，無論是清理海灘、植樹，還是推廣環保知識。

這不僅能讓我們的環境更美好,也能讓彼此的友情更加深厚,攜手創造更好的未來!

2024 / 09 / 22 (日)

上午 8:07,魚發來一張早安圖,上面寫著:「離去的,皆是風景;留下的,才是真正的人生。活在當下,珍惜每一刻。」

我回道:「魚,早安!今天會稍微忙碌一些,再加上最近心情有些低落(你知道原因的),讓生活變得更加艱難。希望老天爺能施以援手,讓我的日子早日恢復正常。」

並附上另一張早安圖,上面寫著:「人生是減法,過一天少一天,珍惜吧!」

魚幽默回道:「茶要泡開,人要想開。」

我笑著說:「茶要泡開需要時間,熱水沖得快,而我是冷泡茶,需要更久的時間。」

2024 / 09 / 23 (一)

一大早,魚就傳來問候,讓我感到一陣溫暖。

為了回應他的關心,我拍了一張窗外的照片。陽光穿過窗簾,靜靜灑進房間,映照著我專屬的小天地。天氣還算晴朗,遠方的山嵐清晰可見,像極了一幅寧靜的山水畫。

魚也立刻分享了他在路上的照片，還開玩笑說：「路上車好多呢！」

我們就在這樣的氛圍中開始了一天的對話。

他說：「今天是秋分了喔！」

接著傳來一張秋分節氣的圖片，彷彿提醒我季節正在悄悄轉換。

我想到，秋分這天，白天與黑夜一樣長，之後夜晚會越來越長，而日子也會慢慢變得安靜……就像我現在的心情。

一早魚跟我分享他早餐吃的水煎包配豆漿，讓我立刻聯想到那香酥外皮與濃濃豆香……

然後我們從早餐聊到了近況。晚上我們接著聊向了50到60年代的農村生活，談論著洗衣、割稻和換工的故事，彷彿那些簡單而樸實的日子又回到了眼前。

哪怕是平凡的一天，只要有他，再平常不過的對話就像暖陽般充滿我的心裡。

2024 / 09 / 23 ㈠ 🌧

魚：你那邊有下雨嗎？就像張惠妹的〈外面下著雨〉！
　　21:43
我：有，超大的！嘩啦嘩啦的！21:50
我：你很厲害耶！你推薦的歌讓我舒緩許多！21:55

魚：因為我喜歡用音樂來療癒自己。22:10

魚：離婚後的那幾年，常常在夜裡聽著音樂，哭著入睡。那種酸楚的感覺持續了好幾年⋯⋯ 22:15

魚：我是個婚姻失敗的人⋯⋯ 22:25

我：我覺得你很好呀！22:26

魚：如果我真的很好，就不會被婚姻拋棄了！22:27

我：我覺得你好就夠了！22:28

魚：那陣子真的太痛苦了。22:28

我：我懂那種感覺，我記得你還說過，差點去跳石門水庫！22:29

我：唉，感情豐富的人，是沒辦法說放手就放手的。22:30

魚：那時候，只覺得了無生趣⋯⋯ 22:31

我：給你秀秀！22:32

魚：你怎麼不結婚？你不像是不婚的人，而且感覺會對另一半很好！22:33

我：對我五分好，我會還以十分好！22:37

魚：奇怪？這樣還沒結婚？22:38

我：唉，就是既期待又怕受傷害吧⋯⋯ 22:39

我：而且婚姻是愛情的墳墓⋯⋯ 22:40

魚：你好像很有經驗哦！22:41

我：所以啊，我們⋯⋯我其實真的既期待又怕受傷害。人最怕的是：深交後變成陌生人，深交後帶來痛苦，

信任之後被利用…… 22:43

魚：哈哈，至少你沒被騙去柬埔寨！小心我把你騙去越南或柬埔寨！23:15

我：我相信你是好人！23:24

魚：哈哈哈！我的氣質看起來像好人嗎？23:26

我：我見眾生如草木，唯有見你如青山。23:27

魚：給你拍拍手，放煙火，還削蘋果！23:28

我：晚安，我明天的行程很硬…… 23:29

魚：晚安，不要在我夢裡出現喔…… 23:29

魚：因為如果在我夢裡徘徊，第二天起床後腳會很酸！23:29

我：哈！你學我！23:30

　　隨著話題的深入，他又問起了為什麼我不結婚的事。唉，這個問題似乎還是無法避免。

　　他坦言自己是個婚姻失敗的人，讓我也想起了自己的過去——婚姻失敗又如何？

　　我曾經經歷過相似的痛，但從未因此否定自己。

　　他好奇地問我，為什麼會覺得他是好人。

　　我回了他：「我見眾生如草木，唯有見你如青山。」

　　這是我發自肺腑的感受，因為在我心裡，魚確實與眾不同。他的存在，讓我感受到一種特別的連結。

當我們互道晚安時,他學我上次說過的話,明明是他自己會想我,卻反過來叫我不要出現在他夢裡徘徊,否則第二天起來腳會很酸!

　　聽到這句話,我忍不住笑了出來。自從 8 月 28 日第一次撩我之後,今天是他第二次撩我,讓我再次感受到久違的甜蜜。

　　這樣的交流,讓我覺得生活中的小確幸無處不在。

　　無論是窗外的山嵐,還是彼此之間的小小關心,都是我心底最珍貴的回憶。

2024 / 09 / 24 (二) ⛅

　　一大早,魚便傳來訊息,關心我是否已經起床,還催促我快去上班。

　　他的問候讓我一大早心情就很美好!

　　他就像我的鬧鐘,早早地喚醒了我,讓我不禁微笑。

　　我回覆他:「起床了!其實我在 6:00 鬧鐘響起時就準時醒來了。」

　　記得他曾說過,希望能睡到 8:00。於是,我打趣地告訴他:「剛才我忙著跟太陽公公商量,請他等到 8:00 再高高掛起呢!」

　　換我撩撥他一下,這樣的調侃讓我們的對話變得輕鬆而愉快。我們正在一起創造屬於我們的回憶,每一個小細節,都讓我覺得無比珍貴。

中午時分，我們互相分享了各自的午餐照片。看著他傳來的美食圖片，彷彿能透過螢幕聞到那誘人的香氣。

　　食物，不只是滿足口腹之慾，更成了我們彼此聯繫的橋樑。

　　下午，我分享了學生們送來的敬師茶點和敬師卡片。這些都是我教學生涯中的小確幸，讓我感受到學生們的用心與感激。

　　然而，讓我有些失落的是，魚沒有再回覆任何訊息。或許他正忙碌著，或許他也需要一些屬於自己的時間，但我心中難免懷著一點期待，希望能再聽見他的聲音。

　　即便如此，我依然感激與他共度的這段時光。每一次的對話，無論是輕鬆的玩笑，還是細膩的生活分享，都讓我感受到彼此之間的默契與連結。

　　即使在他沉默的時候，我仍會默默期待著下一次的相遇，期待著他會為我帶來什麼樣的驚喜與歡笑。

　　生活中，有許多小小的瞬間值得珍惜，而他，正是我心中那道最亮麗的風景。

　　希望未來的日子裡，我們能繼續分享彼此的生活點滴，讓這份情感，在時光的沉澱中越發醇厚。

2024 / 09 / 25 ㊂ ☹

　　一早 7:07，我忍不住吵醒了魚：「魚，早安！你昨天下午到晚上消失了，現在人在哪裡呢？」

我還開玩笑地說:「我已經把太陽公公高高掛起來了,你看到了嗎?」

他很快回覆,並傳來了一張早餐的照片:一份早餐店的炒麵。隨後,他開始跟我說起昨晚的情況:「昨夜大雨滂沱,我沉沉入睡,渾然不覺畢兒在想念我。小魚應該寄封信給你,聊表我的思念之情!」

我看完忍不住回道:「不好笑……」

他無可奈何地回應:「寶寶,你不懂我的幽默感。」

我心中無奈,回他:「我最近真的很緊張,已經忘了怎麼笑了。你知道的,我才失去了一位故友,而你又忽然消失那麼久,怎麼可能讓我不擔心?」

為了讓我安心,他告訴我晚上他要去守望相助巡守隊裡值班,要忙到 12 點。

我沒法幫上忙,只好跟他說:「辛苦了!我幫你泡杯咖啡吧。」

我聽朋友說,他今天下午沒去運動,便問他是不是最近工作太忙了?

他回應道:「你有眼線哦!這幾天真的忙得不可開交!」

這樣的交流,讓我更深刻地感受到彼此間無形的羈絆。

即便生活再怎麼忙碌奔波,我們的心始終緊緊相連。

我衷心期盼，在未來的日子裡，我們能繼續分享彼此生活中的每一刻感動，讓這份情誼如同窖藏的美酒，在歲月的沉澱中越發醇厚芬芳。

如今回想起來，每一次對話，都是我們共同編織的美好回憶，為我們忙得昏天暗地的日子裡，增添一抹溫柔的陽光。

2024 / 09 / 26 (四) 😖

一早起床，我看到了魚昨晚留下的訊息，看似抱怨地跟我說：「你有眼線哦！這幾天真的忙得不可開交！」

心中一陣慌張，連忙跟他解釋，因為他莫名消失了一陣子，讓我心裡有點慌，擔心出了意外什麼的，還附上了一張「尋人啟事」的圖片，表達我的擔心。

最後我叮囑他好好照顧自己，最近早晚溫差大，別不小心感冒著涼了。

沒多久便收到他回傳的一個愛心貼圖，我的心中頓時湧上一股暖意。我也回傳了一張日安圖，然而，從那之後直到晚上，他只傳來了一張晚安圖，什麼話也沒說。

我感覺到我似乎越來越在乎魚，而他卻逐漸對我變得冷淡。

雖然我們的關係還不深，但這樣的變化仍讓我變得有些多愁善感，患得患失。

即便如此，我依然珍惜與他之間的每一次交流，我是真的希望未來能有更多機會，彼此的心能更靠近一些。

2024 / 09 / 27 (五) 😔

一早起床，我傳了訊息給魚兒：「忙碌雖好，平安健康更重要。」

還特別做了一張早安圖，圖上寫著：「真誠的人，走著走著就住進了心裡；虛偽的人，走著走著就淡出了視線。」

我們簡單聊了幾句，便互道晚安，結束這一天。

那句話，其實也是寫給我自己的。

只是心中忍不住想問：魚兒，你是那位走進我心裡的真誠之人？還是終將走遠的過客？

今天他依然忙碌，只簡短回覆了幾句，讓我感到一陣失落，胸口像壓了塊石頭般沉悶。或許是我太在意對話的頻率，太渴望在他生活中占據更多份量，才會如此悵然若失。畢竟每一次交流，都是我們搭建通往對方心橋的磚石。

站在辦公室窗前，望著陽光輕撫小盆栽，那生氣盎然的模樣讓我的心情漸漸舒展開來。植物需要陽光滋養，正如人心需要情感澆灌，唯有如此，生命才能茁壯成長、熠熠生輝。

也許，我對他的期待確實過多了。忙碌本是生活的常態，我該學著多些理解，多些包容。

2024 / 09 / 28 (六) 😐

清晨 5:53，魚兒傳來一張早安圖。

中午 12:03，又是一張池塘美景，鴨子與魚群悠然其間。

我問他：「好美喔！這是哪裡？」

他回傳了一張寫著「卓也小鎮」的照片，讓我摸不著頭緒。

接著又發來一張定位圖，我這才知道他們今天去苗栗辦社區活動。

我心裡納悶：有必要繞這麼一大圈嗎？直接跟我說他們「今天社區出遊」不就好了嗎？

這樣的「猜謎式」交流真的有趣嗎？我們都不是小孩子了，這樣猜來猜去反而讓人心累。

有時候真希望他能更直接點，溝通會更順暢些。

不過，或許這就是他的個性使然吧，想讓平淡的生活添點趣味……

2024 / 09 / 29 (日) 😃

一早，我收到他昨天手作藍染的照片。

我開口問：「早安帥哥，今天會去運動嗎？」

他回:「會去動一下。」

我說:「那下午見!」

他爽快回應:「OK!」

這種直接的互動,真的讓人感覺很好,很舒服。

中午,我分享了教師節的 FB 貼文。他也回了一張團體出遊照,不過照片裡他人太小,又被其他人擋住,讓這樣的分享看起來有點敷衍⋯⋯

下午一起運動時,他姍姍來遲又提早離場。原來是因為他中午跟里長聚餐喝了點酒,頭痛、沒力氣運動。

晚上,我們用 Line 語音聊了整整一個小時又三十七分鐘。

我原以為他是客家人,沒想到竟然不是。他說:「家父離世多年,家母近年健康狀況欠佳,現與兄長同住,由兄長悉心照料。」

我們甚至聊到對婚姻的看法。他說:「應該不會再結婚了,有緣的話,彼此陪伴就好。」

這與我的想法不謀而合。真好!能遇到頻率如此相同的人,一起聊得自在開懷,讓我對未來充滿期待。今晚的對話,像一條緊緊繫上的線,讓我感受到某種默契的連結。

2024 / 09 / 30 ㈠ 😁

昨晚臨睡前，我傳了一幅自己畫的《故鄉》給他欣賞。今天一早，他回覆：「畫得不錯呦！在小河邊洗衣裳！」

其實，那幅畫描繪的是我對媽媽的思念──記錄了她在我童年時，於住家附近河邊洗衣的畫面。這幅作品是在媽媽過世後創作的，為了紀念她而畫。而畫中公車的車牌號碼，正是她的生日，這幅畫對我而言承載著深厚的情感。

我接著告訴魚兒：「今天有兩節課，結束後就輕鬆啦！」

他問：「哦？下午沒有課嗎？」

我回說：「沒有，星期一是我的輕鬆日！」

我跟他說，我一週有二十節課。

慢慢地，我發現自己對這段友誼產生了期待。我希望我們能彼此交心，也因此樂於與他分享生活中的點滴。我是真心誠意地想和這位朋友建立深厚的關係，期盼往後能夠坦誠相待。

為了讓他更了解我的工作型態，我主動分享了許多細節。這樣的誠意，應該能拉近彼此的距離吧？

2024 / 10 月份

有花堪折直須折，
　莫待無花空折枝

Those Days in October 2024

2024 / 10 / 01 (二) 😔

　　一早，他傳來一張早安圖。

　　我回覆：「小魚早安，想不想聽我的聲音？」

　　其實，是我想聽他的聲音啦，但他一直沒有讀訊息，讓我有點小失落。

　　過了一個多小時，他終於回了：「去市場買水果。」看到這句話，我才稍稍鬆了一口氣。

　　晚上，政府宣布明天停班停課的消息，我立刻在 Line 上聯繫魚兒，想知道他那邊的情況。

　　沒想到，他只傳來一張街景照，再沒其他表示，這到底是要我猜什麼啊？

　　我不死心，又傳了一張網路上流傳的梗圖，本以為他看到會有反應，結果他還是沒回應……

　　唉，只好無奈地跟他道了聲晚安，結束今日的互動。

　　真心希望明天能有多一點互動，讓我們的關係更進一步。

2024 / 10 / 02 (三) 😶

（語音通話結束）24:40

我：你不是要拿藥給我，怎麼到現在還沒出現？14:33

我：叮咚、叮咚、叮咚！14:51

魚：不去了，我回老家一趟！16:50

我：那也要說一聲呀。害我們一直在等，鄭姐一直碎碎念，聽得我耳朵都長繭了，你耳朵沒有很癢嗎？16:57

魚：I'm tidying up the room. 19:48

我：In Longtan or in Taoyuan？20:14
If you got any problems, please let me know. I said that before, "I will be with you anytime." I want to make friends with an honest person, not a sly one. It's too exhausted for me to negotiate with an uncertain person or opportunity. 20:23

我：If you can be honest with me, just let me know. Or I still appreciate you keeping me company in this short period, especially during my sadness. 20:27

我：One song for you. Thanks for keeping me company and giving me the best days in my life. 20:31

我：轉發一首 Dido 的〈Thank You〉！20:32

魚：如果你有任何問題，請告訴我。我之前說過，我會隨時陪在你身邊。我和誠實的人交朋友，而不是狡猾的人。與不確定的人或機會談判對我來說太累了。22:52

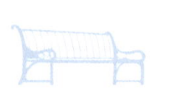

魚：為你點一首歌,謝謝你陪伴我,給了我生命中最美好的日子! 22:53

今天沒有收到魚的訊息,於是我主動撥了通 Line 電話給他。我們聊了將近 25 分鐘,並相約一起去運動。讓我意外的是,他聽出我聲音有異樣,關心地問我是不是感冒了?

我反覆強調「沒有」,他卻堅持「有」,還說要把從日本帶回來的感冒特效藥拿給我。說真的,他真的很細心體貼,連經常相處的鄭姐都沒發現我說話有異狀,他卻能察覺到,讓我很感動。

然而約定的時間到了,魚兒卻遲遲未現身。我忍不住傳訊詢問:「你不是要拿藥給我,怎麼到現在還沒出現?」訊息顯示未讀,讓我開始感到焦慮不安。

我又發過去幾個「叮咚」提醒,依然沒有回應。鄭姐在一旁不斷叨念著,聽得我耳朵都要長繭了。

直到 16:50,魚兒才淡淡地丟了一句:「不去了,我回老家一趟!」

這突如其來的轉變讓我既困惑又失落。

「那也要說一聲啊。害我們一直在等,鄭姐一直碎碎念,聽得我耳朵都長繭了,你耳朵難道不癢嗎?」我抱怨道。

沒等來他的回應，於是我連續撥了兩通電話，都無人接聽。直到 19:48，他突然用英文回覆我說他正在整理房間。於是我問他，是在龍潭還是桃園？但再也沒有得到回應。

鄭姐也忍不住批評：「答應別人的事就該做到，就算臨時有事也該通知對方。現在通訊這麼方便，這樣不回訊息真的很不應該。」

而我心裡則充滿疑問：究竟發生了什麼事？為什麼要這樣迴避溝通？

面對他忽冷忽熱的態度，我決定坦率表達感受。我連續發了三段英文訊息，大意是說希望他能誠實相待，我很珍惜這段時間的陪伴，但需要明確的溝通。最後我還特別分享了一首 Dido 的〈Thank You〉來感謝他的陪伴。

然而令人錯愕的是，魚兒竟然直接將我的英文訊息翻譯成中文回傳給我，這種機械式的回應，讓我感到既困惑又失望。

2024 / 10 / 03 (四) 😢

魚一早發來早安圖，並附上一段詩詞：

莫聽穿林打葉聲，何妨吟嘯且徐行。
竹杖芒鞋輕勝馬，誰怕？一蓑煙雨任平生。

料峭春風吹酒醒，微冷，山頭斜照卻相迎。
回首向來蕭瑟處，歸去，也無風雨也無晴。

我：小魚幹嘛去，不知在何處？可憐小小畢，何處尋魚去？13:45

魚：別太愛我……我並不完美！我是一個婚姻失敗的男人，不值得你迷戀！慢慢地你會了解我……我是一朝被蛇咬，十年怕草繩！13:53

我：你不需要太完美，只要我喜歡就好！13:57

我：既然你能理解蘇東坡的〈定風波〉，那麼你也該懂：即使沒有雨具，也該在風雨中勇敢前行！婚姻失敗了，難道就要停下人生的腳步嗎？人生路上難免風雨，我相信只要有勇氣，明天依舊會迎來陽光。14:09

我：怕草繩？就算真的被蛇咬過，難道就不前進、不生活了嗎？14:10

我：不管你的過去如何，如果你願意，今後我願意陪你一起走下去！14:13

　　昨晚，我整夜未眠。這是第一次，因為魚兒而輾轉難眠。

　　小魚，你到底去了哪裡？你讓我一整夜思緒翻湧，像潮水一樣反覆襲來，難以平靜。

我今早寫下:「小魚幹嘛去?不知在何處?可憐小小畢,何處尋魚去?」

這不只是句玩笑話,更是我內心的焦慮與牽掛。

但你卻回覆:「別太愛我……我不完美!我是一個婚姻失敗的男人,不值得你迷戀……」

看到這段話,我心頭一緊,難過極了。我只想告訴你:你不需要完美,因為我愛的不是你的完美,而是你這個人。

怕草繩?這只是你替自己設下的防線吧?

你能背出〈定風波〉,那你應該懂得,那位在風雨中前行的人,並不是沒有痛過、失落過、跌倒過,而是選擇繼續往前走。

魚啊,希望你能懂,無論你曾經歷過什麼,若你願意,我會在你身邊,一起面對接下來的風雨。

2024 / 10 / 04 (五) 😢

清晨 6:59,魚兒傳來玫瑰花為背景的早安圖,跟我道早安!

看到訊息的那一刻,我卻無法像往常一樣開心起來。

想起昨天他說的那些話,我內心很是糾結。

積了滿腔的不悅,讓我忍不住回了他一句:「女王走了,你就開始正常了、就想到我了?」

我也不知道為什麼會突然提到「女王」，大概是因為心情鬱悶，隨口說出的沒意義的詞罷了。

　　我半撒嬌地對他說，希望有一天能收到真的玫瑰花。但他卻沒有回應。一顆懸著的心，隨著那一頭始終沉默的回應，逐漸變冷了。

　　我不想要什麼奢華的禮物，只是渴望一顆能懂我的心。處處期待他的回應，又因為對方的一舉一動讓自己患得患失。

2024 / 10 / 05 (六) ☹

　　早上 6:16，他照例傳來早安圖，並發來文字：「早安，畢兒！」

　　竟然還附上三朵紅玫瑰——

　　這代表什麼？是在回應我昨天的話嗎？

　　我忍不住和他通話，才知道他這兩天準備出遊。

　　我告訴他自己感冒了，他語氣中透露些許關心，但也只是提醒我要去看醫生。

　　這天就這樣平淡過去了，留下一些微妙的失落。

2024 / 10 / 06 (日) ☹

　　其實，從昨天開始我就感到格外焦慮。

　　雖然去看了醫生並按時吃藥，但是魚兒沒有再傳任何關心我身體狀況的訊息。

一句關心也沒有。

沒有他的消息，我心裡就空蕩蕩的。

今晨 8:50，我傳了一首詩給他：「魚兒出遊去，畢兒夢中遊，醒也思魚，夢也思魚。」

還附上一首張洪量的歌──〈你知道我在等你嗎？〉

結果，9:33 他傳來一張躺在飯店床上的照片，並寫道：「6:00 起床。」

然後 10:21 又寫道：「窗外天空一片雲彩！懶懶散散才剛起床。」

我看了真的滿頭問號……

只好無奈地吐槽説：「難道我們之間有時差？」

他的訊息總是如此隨性多變，讓我無所適從。也許，從頭到尾只有我一個人在自作多情；也許，他真的不懂我在等什麼，也不懂我內心的起伏。

2024 / 10 / 07 (一)

今天的心情，真的糟透了。原本氣到不想再理他，決定不再回覆他任何訊息，結果他突然傳來訊息，説自己身體不太舒服，正在診所就診。

我以為他和我一樣是「感冒」，沒想到是「拉肚子」……一聽就知道，多半是諾羅病毒！那一刻，原本的怒氣瞬間變成擔心與著急。儘管還在氣頭上，心卻又不自覺地軟了下來。

中午原本和瑄約好要去吃「旭集」，一直期待能好好大快朵頤一番，但我遲到了，加上腦子裡全是擔心魚兒的狀況，導致整個人心神不寧，連味道都品不出來。

　　期間，連問了他好幾次，要不要帶點粥過去看他，結果他堅決不讓我送……

　　這樣的他，讓我既心疼又無奈。總覺得，好像我什麼也做不了，只能乾等。

　　晚上回到家，我一邊叮嚀他要記得吃藥，一邊傳了江蕙的〈甲你攬牢牢〉給他。

　　聽到他說好聽，我心裡才稍微放鬆了一些，希望這首歌能帶給他一點安慰。

　　最後，我跟他說，如果半夜不舒服，隨時都可以打電話給我。我想讓他知道，不論他身體多虛弱、情緒多低落，我會一直都在，不會離開。

2024 / 10 / 08 (二) ☺

　　清晨 7:20，我正在通勤路上，手機螢幕亮起。

　　不是慣例的早安圖，而是一幅無垠的青青草原──翠綠的草浪在晨光中起伏，彷彿是大地溫柔的呼吸。

　　我忍不住發問：「這是哪裡？」

　　他回答：「愛情大草原。」

　　我就在上班路上跟他通話，聊了足足有 28 分 45 秒。

從手機傳來他的聲音，像是清晨第一縷陽光，溫柔地撥開我還未完全甦醒的心情。

話題從草原延伸到未來的約定。

當他說：「下次帶你一起去。」

我心頭一震，彷彿看見自己站在那片綠意中，風輕輕撩動髮絲，而他站在一旁，目光溫柔。

晚上，我們又聊了 2 小時 7 分 40 秒。

夜色中，我們的對話像溪流，靜靜流過彼此的心。

突然，他語氣低沉而認真地說：「以後有什麼事，我一定第一個告訴你。」

這句話像一顆石子投入我心湖，激起層層漣漪。

這是告白嗎？還是他正在悄悄地，將我收進他的心裡？我的思緒在甜蜜與猜測之間翻湧，像草原上隨風搖曳的野花，每一朵都藏著尚未說出口的心事。

這一夜，我輾轉難眠。

半夢半醒之間，他的聲音與那片綠草地交織，在我腦海中不斷重播，編織成一個關於「我們未來」的夢。

清晨的微光透進窗邊，我望向窗外，嘴角不自覺地上揚——

或許，那片愛情大草原將會見證我們的故事，在陽光、微風與綠意中，緩緩展開。

2024 / 10 / 09 (三) 😁

魚兒，只要你肯聯繫我，我就會再勇敢一次。
──一場緣分，一次相遇──
我珍惜你我的牽引。
相知相惜不容易，我願意用心感受每一刻的美好，
用心對待我們之間的情感，
不讓今天的選擇，成為未來的遺憾。

　　凌晨零時，手機螢光刺破黑暗。
　　傳送鍵按下的那一刻，我立刻就後悔了──
　　這段訊息就像一顆脫手的氣球，飄進雲端，成了魚兒茶餘飯後的談資。
　　每當他瞇起眼睛，笑著重提這段往事，我總會下意識握緊發燙的手機，然而泛紅的耳尖早已背叛了我的偽裝。
　　上午 10:01，通知聲劃破室內凝滯的空氣。
　　「……恢復狀況良好……一尾活龍即將登場……」
　　我盯著那行字反覆咀嚼，忍不住笑出聲──
　　果然，那條熟悉的調皮魚兒回來了。
　　窗外，麻雀啣走最後一片烏雲，我胸口積壓的酸澀，化成溫熱的呼吸緩緩散去。
　　昨天才吞掉二十顆韭菜水餃，今天便一手拿著霜淇

淋,一手提著盛夏果物,生龍活虎地不像剛復原的病號。

西瓜汁沿著指縫滴成甜膩的省略號;柳丁汁水在齒間迸裂開來時,我終於聽見生命的汁液在汩汩流淌的美妙聲響。

那些在診所內凍結的分秒,如今正透過他舌尖上的復原儀式逐漸鬆動,每一次咀嚼與吞嚥,都化作他輕快的腳步聲。

看到他逐漸康復,我的內心替他感到開心,經歷的這一切擔心和焦慮也都值得了。

2024 / 10 / 10 (四) ☺

早晨 6:59,手機震動劃破清晨的寧靜。

一張國旗早安圖靜靜躺在對話框中,朝陽的色調暈染螢幕,我嘴角不自覺上揚,彷彿聽見遠方傳來他的晨起問候。

「今天怎麼安排?」我輕敲鍵盤,讓期待隨訊息飛向彼端。

然而,回應欄始終空白,像被按下暫停鍵的鬧鐘,滴答聲在心底無限延長。

我按下快門,讓街上的景緻替我訴說「想被看見」的渴望。

「你要去運動喔?」他的回覆像一班遲到的公車,

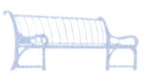

載著若有似無的關心，卻錯過了我真正的目的地。

午餐照片裡的菜餚逐漸冷卻，連同我滿懷的期待。

時針劃過十二個數字，未讀標記像根刺，深深扎進對話框的空白處。

到了 22:11，螢幕終於亮起：「我晚上值班（守望相助）到 12 點，你回家啦？」

這句話像一顆石頭，重重砸進我早已漣漪四起的心湖。

我握緊手機，任憑委屈與怒火在胸腔翻騰。難道我的關心就這麼廉價？難道我的等待就這樣無足輕重？每一則已讀未回的訊息，都是對這段感情的輕慢；每一次延遲的回覆，都在消磨我對這段關係的信任。

魚兒，我希望你能明白：

「愛，是雙向的交流，是即時的回應，是把對方的心情，放進自己的心上。」

願我們能在未來的日子裡，學會珍惜每一次對話的契機，讓這份感情在互相理解中，綻放出更溫柔、更堅韌的光芒。

2024 / 10 / 11 (五) 👿

凌晨 4:50，夜色如墨，遲遲等不到回覆，令我輾轉難眠，焦慮的情緒如潮水般淹沒了我的理智。

最終，我還是敲下那行字：「說好的要並肩同行，為什麼你總是把我擱在一旁，像一件無關緊要的擺飾？如果你已經有女友了，我不會打擾；但如果沒有，請不要猶豫──因為每個人都渴望被在乎。」

文字發出的瞬間，酸楚如針，刺進心底最柔軟的角落。

上午 8:54，他的回覆劃破沉默：「我們本來就是兩個世界的人，你有你的生活，我有我的節奏，慢慢來吧。」

這句「慢慢來」像一堵無形的牆，把我的期待硬生生擋在外面。

我問他是否有空說話，他說正在吃早餐，晚點再說。等待的空白裡，某種微妙的隔閡悄然滋生……

瑄聽完我的糾結，當頭棒喝道：「都幾歲了還慢慢來？就算要磨合，也要先溝通啊！」

她的話讓我如夢初醒，可焦慮的藤蔓卻纏得更緊。

我鼓起勇氣約他見面，想當面說清楚。但兩小時的已讀不回，讓我的勇氣像漏氣的氣球，一點一點癟下去。

失落感如潮水湧來，淹沒了所有期待。

若說他對我沒有誠意，似乎又不完全如此。

今天是農曆九月九日重陽節，他忽然傳了一首詩給我：「九霄雲外煩惱拋，月白風清良夜好……」

字句間的溫柔像冬日的暖陽，悄悄融化了心裡的冰霜。

　　可這份動搖卻讓張老師氣得不想再管我：「你簡直執迷不悟！」

　　正當我打算就此放下，各自安好、不再打擾彼此的生活時，他的七通連環來電卻突然炸響手機，逼得我不得不回應。

　　我們通話了 1 小時 59 分鐘，直到凌晨，在他的不斷追問下，我終於撕開傷疤，坦承自己的過去：「我也是離過婚的人。」

　　這句話如利刃，劃開心底最深處的傷口。那一刻，內心的痛苦如潮水般湧現，彷彿所有的情感都在瞬間交織，所有的脆弱無所遁形。

　　我不知道這樣的坦白會讓我們更靠近，還是推得更遠。我們之間每一次對話，都像在迷霧中摸索前進，渴望找到通往彼此內心的路，卻又害怕踩空跌落。

　　但至少，我沒有逃避。未來的日子，願我們能真正坦誠，讓這份關係，有機會迎來新的可能。

2024 / 10 / 12 (六) 😥

　　今日的對話，只剩下晨間的早安圖像。我們像是約好般保持距離，給彼此一個喘息的空間。我的離婚，對

他而言，或許是一記重擊；對我來說，則是重新撕開結痂的傷口，痛得讓人無法呼吸。

2024 / 10 / 13 (日) 😖

他發來一張早安圖，附上龍山寺參拜人潮的照片。

我則回傳了我和爸爸、弟弟、妹妹們在桃園吃飯慶生的餐廳照片，試圖搭建一座橋。

「你腦公沒有出席盛宴呀！」他的玩笑突然刺進我心臟──

讓我更驚訝的是，那句話底下藏著的在意。

正因為我知道他在意，所以決定多擔待一些。畢竟，我是真心想跟他「交朋友」，而且也是我先「謊報」的。

於是我把老家的照片傳給他，是我最赤裸的坦白：「看呀！這是真實的我。」希望他能感受到我的誠意。

我想讓他了解我的過去與我的根。

每一次分享，都要有把心臟剝開一層的勇氣。

或許傷口需要先被看見，才能真正癒合。

我們在小心翼翼的試探中，學習重新丈量兩個受傷靈魂之間，最舒適的距離。

2024 / 10 / 14 (一) 😐

今天，他傳來一支名為〈凍齡果汁〉的影片。

我忍不住向鄭姐抱怨：小魚好像變了，連早安問候

都省去了，只丟來這支莫名其妙的影片，讓我滿頭問號、不知所云。

鄭姐卻笑著解釋：「他這是在邀請你一起變年輕呀。」

那一刻，我心裡微微一暖，但這股暖意尚未完全擴散，懷疑的情緒又悄悄湧上來──他的本意真的是這樣嗎？還是，這只是我自作多情的想像？

2024 / 10 / 15 ㈡ ☹

清晨，他又傳來一支搞笑短片，標題是〈跟老公吵架了〉。我有點被嚇到，不明白他傳這支影片的用意是什麼。

他傳給我的每一張照片、每一段影片，從不附上一句說明，只是丟給我一個線索，卻要我自己拼湊背後的情緒與想法。

可我不是神，怎麼可能總是猜得出他真正的心思？

晚上，他又傳來一支名為〈令人動容的舞者〉的影片。故事講述一位靈魂舞者馬克，他的妻子原是舞者，卻因意外離世，馬克從此精神失常，時常在街頭獨舞，緬懷他逝去的愛人。

我看完影片，不由自主地發了一句感悟：「問世間情為何物，直教人生死相許。」

那句話，是我對情感的嘆息，也是我內心渴望的投

射。我想藉這句話,告訴小魚,我仍對我們之間那份若有似無的關係懷有期盼,希望他能懂,能看見我藏在話語背後的情感。

在這樣若即若離的互動裡,我感受到不安,也懷抱著期待。

他的每一次分享,就像一道謎題,讓我百轉千迴地思索著意義;而我,也只希望,能再靠近一點——靠近他的世界,讓我們之間的距離不再遙遠。

2024 / 10 / 18 (五) 😖

早上 10:14,魚傳來一支影片。

我的心裡湧起一陣期待,卻還是忍不住問他:「你消失了兩天又十二個小時,在忙什麼呢?」

他淡淡回了一句:「最近很忙呢!」

我半信半疑地回:「真的?」

他像是玩笑般地說:「嗯!不管蒸的煮的,一樣要祝福你我生活充實!」

我接著問:「充實的生活包含你我嗎?」

他忽然問:「你很喜歡我、很愛我嗎?」

我沒有正面回答,而是輕輕地說:「你知道昨晚的月亮很圓嗎?」

他回得又快又跳 tone:「我們可以結婚嗎?可以生

小孩嗎？喔，我滴老天鵝呀，求魚兒放過畢兒吧！」

我提醒他：「你之前說過不會再結婚的。」

他卻說：「你都有勇氣再愛一次了，為何我不能？」

接著又追問：「你還可以生小孩嗎？」

我忍不住笑著打趣：「二缺一怎麼生？你搞笑嗎？」

過沒多久，他傳來一張月亮的照片，並說：「我當然知道呀！我還拍下來了呢！」

我激動地說：「我也有拍呢！」

「本來要傳給你的，怕打擾你就作罷了。」

我鼓起勇氣寫道：「魚，你知道嗎，其實我心裡有很多事想跟你分享，可是我有點怕你……」

他裝可愛似地回：「嘿嘿！很怕我？我是獅子還是老虎啊？」

我無奈地說：「你知道我不是那個意思，我是怕你忽冷忽熱的態度……」

說完這句話後，他再也沒有消息，我只好向他傳了一張晚安貼圖，早早就寢。

他忽遠忽近的互動，像是逗貓棒晃在半空，撩撥著我的情緒。

有時我以為我們靠近了些，他卻又輕輕一退，留我一個人對著訊息發呆。

我告訴他，我其實有很多話想說、很多心事想與他

分享,但那份「怕」卻總讓我猶豫。

這份害怕,不是因為他做了什麼可怕的事,而是因為我從來不知道,他對我到底是什麼心意。

他問我是怕他像獅子還是老虎,但真正讓我畏懼的,是他忽冷忽熱的態度——那種不確定感,讓我像是走在懸崖邊,一邊渴望靠近,一邊又怕摔得粉身碎骨。

或許,這就是我對他深厚情感的真實模樣:期待、懷疑、退縮,然後再一次次小心翼翼地前進。

2024 / 10 / 19 (六) 😢

我傳給魚一個讓我眼眶發熱的故事:

「Jim 在風景區工作,每天上班時,鄰居 Jack 都會遞來五美元,請他從景區咖啡店買一包四美元的咖啡。這習慣持續了好幾年。作為回報,Jack 總會把 Jim 家的草坪修剪得整整齊齊。

時間久了,咖啡店女主人也認識了 Jim,總會提前準備好咖啡和一美元零錢。Jim 曾好奇問 Jack:「咖啡保質期很長,為什麼不一次多買些?」Jack 只是笑著搖頭:「不,我喜歡這樣,每天一包剛剛好。」

有一次,Jim 從別的店買了咖啡,Jack 連包裝都沒打開就說:「這不是我想要的。」後來 Jim 又試了幾次,就算包裝一模一樣,只要不是那家店的咖啡,Jack 都能

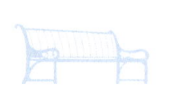

一眼認出。

　　幾年後，Jack 身體越來越差，但依然每天請 Jim 買咖啡。直到某天，躺在病床上的 Jack 虛弱地摩挲著那一美元，問 Jim：「這麼久了，你真不知道我為什麼總買那家店的咖啡嗎？」

　　Jim 搖頭，Jack 的語氣突然溫柔：「因為賣咖啡的是 Emily 啊⋯⋯她是我最深愛的人。當年她父母嫌棄我是窮光蛋，硬把我們拆散。多年後，我妻子過世了，孩子也成家了，後來我打聽到，Emily 在風景區開了這間咖啡店，也早已為人母。我不想打擾她的生活，只默默定居在這裡，請你幫我買咖啡。從你第一次帶回來那杯咖啡，我就知道，她，還記得我。」

　　我分享了這則關於 Jack、Jim 和 Emily 的故事，三人的互動像是一面鏡子，映照出我對「關係」的期待。

　　他回傳了一張早安圖，藍天白雲、百花齊放的色調渲染整個螢幕，那一刻，暖意像春風吹過我的心田。

　　我說：「我想聽小魚的聲音。」

　　他卻假裝訊號不佳，說要去梳洗，便匆匆掛斷，然後就像從人間蒸發了一樣。

　　魚兒啊，訊號明明滿格，這種理由真的太牽強了⋯⋯

　　從 9:17 開始等待，時間像被拉長的橡皮筋，每一秒都充滿焦慮。

最後，我鼓起勇氣，發了一篇早就寫好的長文：

「當你不聯繫我的時候，我明白——你的世界裡不只我一人。

我們都是成年人，你沒有回我最後那則訊息，我也默認——不再打擾你。

就這樣，我們會從彼此的世界裡悄悄消失。

我曾苦苦想要一個答案，到底是什麼原因，讓你突然不願再繼續這段緣分？

記得那天電話中你說：『以後有什麼事，我一定第一個告訴你。』

結果才過幾天，你卻連聯絡都不聯絡了⋯⋯

曾經你天天對我說早安、晚安，我們一起運動流汗，你告訴我這世界有破洞，我陪你熬過你生病的時候；你也陪我度過我同學離世的悲傷。

可是現在，你卻狠心斷了聯繫。

當我想你的時候，很想傳訊息給你，但我忍住了，因為我知道，若你不回，會讓我更難受。

若你傳訊息給我，我一定會立刻回你；若你不傳，我也只能默默流淚、默默想你、默默過日子。

我還是那句話：若你需要，我永遠都在。

說實話，遇見你之後，我只想貪心地和你過個快樂的人生。若有所圖，也只不過圖一份偏愛與真誠罷了。

但我們的故事，偏偏寫成了悲劇。

從今往後，不管你在哪裡，都要好好照顧自己。

記得我也好，忘記我也罷——反正，這個世界上一直有個傻瓜在想你。

我知道放手會有遺憾，但有些事，堅持了，也不見得有結果。我們的故事不長，遇見你是那麼突然，喜歡得也出乎意料。

雖然只是曇花一現，卻深刻我心。

我會把這份情藏進心底，化作……」

我附上一首藏頭詩，替我說出心聲：

小泣訴說月夜漫，畢月空來花弄影。思也悠悠，念也悠悠，魚百蝦一雍雍過，兒凡俗情難斷離。空有相思霜似雪，奈何真心空對月。

然而，一切如同石沉大海。所有的期待，終究被沉默吞噬。或許，有些故事註定沒有結局。但至少，我們曾真誠相待過。

2024 / 10 / 20 (日) 😢

早上 10:23，我收到魚傳來的〈凡人歌〉歌詞，一時之間，有些傻眼。這又是想讓我猜什麼嗎？

直到晚上,我才回了他一個「黑人問號」表情,心中滿是疑惑。

他隨即回覆:

「我忍不住回頭望一望身後,那是深秋掩映的路,桃林鐵道的落葉落在我的腳邊,而我在那裡停駐。

啊,我忍住眼淚凝望,而你還在想我。

我是秋天的野菊花,孤獨地開在荒野上。

我忍不住感慨一下,看了看天空,

那是晚霞滿天金黃,終究還是⋯⋯近了黃昏。

你我揮揮衣袖,再回頭已是百年身。」

我回覆他:「我只是想靠你近一點,想走進你的心裡。否則就算我說我想你了、愛你了,你也聽不到啊!

夕陽無限好,只是近黃昏──

就如你我,雖不至遲暮之年,卻也不再年輕,所以我們更應該把握有生之年,珍惜彼此、珍惜當下,而不是把時間浪費在猜測與試探中。

此刻,我們的關係,進一步沒資格,退一步又捨不得,甚至連見一面都成了奢侈。

我愛你,是真的。我想你,也是真的。但我無從得知你的心意,所以才會顯得那麼無能為力。

請你記得,我不願見你流淚,也不想讓你孤獨。我真的很想與你同行,不只是走向詩與遠方的理想,更是

共度柴米油鹽的日常。唯有如此，我們才不會留下遺憾與後悔。」

即便我如此掏心掏肺的自白，仍喚不回他的決絕，他回應說：「你說得對，人生本就充滿遺憾。遺憾的是⋯⋯我們都已到黃昏之年，也承受不起再一次失去的愛。

我現在很愛你，但我無法保證往後自己是否能堅定地愛著你，也無法保證這份愛能走多遠。就讓這段愛，停在遺憾，好嗎？感恩遇見你，畢兒。」

2024 / 10 / 21 (一) ☹

又是一個輾轉難眠的夜晚，思緒翻湧。

凌晨時分，我忍不住再次發訊息給他：「你以為我是『林阿滿』的化身嗎？這樣不公平，不公平⋯⋯」

林阿滿是魚年輕時認識的一位女生，當時她常常跑到軍營去探望他。雖然她對魚很熱情，但魚其實並不怎麼喜歡她。每次她來，他總是隨便找個藉口，敷衍地帶她在營區附近晃晃，既不熱絡也不留戀。

我不禁代入她的角色，品嘗她的痛苦，發出絕望的吶喊。

2024 / 10 / 22 (二) ☹

晨光中，我們機械式地互傳早安圖，像兩個遵守社交禮儀的陌生人。

2024 / 10 / 25 ㈤ 😈

　　沉寂了兩天，晚上 23:01，魚終於發來訊息，卻讓我感到更加困惑——

　　是一張幸運餅乾的照片，裡面有一張字條，上面寫著：「有花堪折直須折，莫待無花空折枝。」

　　還評價說，內容很時事！

　　我瞬間火冒三丈！

　　為什麼就不能好好把話講清楚？為什麼總喜歡打啞謎，讓人猜來猜去，徒增心煩？

　　儘管滿腹怒意，我還是努力壓下火氣，冷冷地回了句：「今夜有酒今夜醉，莫使金樽空對月。」

　　我說得淡然，心裡卻是難以言喻的失落與無奈。

　　最近我變得特別愛喝酒，夜深人靜時常常落淚，失眠的夜晚似乎變得無法逃避……為什麼？為什麼？為什麼會這樣？我從來不是一個嗜杯中物之人，也很久沒有依賴安眠藥了。

　　但現在，我真的氣自己——為什麼要讓這些情緒吞噬我？我只想找一條出路，一條能釋放內心煩悶的出口。

　　Jessie 勸我：「這種難以相處的關係，何必煎熬？直接結束就好了嘛！不要為難自己，人生苦短，為什麼要讓自己過得這麼不快樂？」

　　Jessie 還說，現在最重要的三件事是：錢、健康、

快樂。

這些道理我都明白,但知道卻做不到。

我的心早已不在我這裡了——它被魚兒帶走了,帶到了哪裡,我也不知道。

這不是我粗心大意,而是真情難以控制;也不是我刻意弄丟,而是我無法抵擋自己的脆弱。

此刻,我只想把心裡的話告訴你——這段時間,我真的不好受。

每天都在發呆、失眠、流淚、喝酒,胃痛得讓我覺得自己快碎掉了。

我知道自己不是一個能輕易放下的人,唉……

已經好久沒有這樣的感覺了,為什麼這條魚又讓我變成了這副模樣?

那天,我跟著鄭姐到新竹關西找高人問事,想尋個方法化解心中的困惑。得到的答案是——我與他的緣分,是前世註定的,無法逃避。

高人說,每個人的一生中會遇見很多人,有些人只是擦身而過,從不駐足;而有些人,第一眼看到,就會忍不住喜歡上——不是因為對方有多好看,而是在那一瞬間,你的心就被悄悄吸引了。

對!對!對!我和魚兒的相識就是這樣。

當我第一眼看見他時,我的心就被他帶走了。

今天是我的生日，還有好幾攤三五好友的聚餐，本該是一個值得慶祝的日子，如今因為這個人帶給我的種種情緒，我始終悶悶不樂，開心不起來。年初同學的離世，讓我感到一陣撕心裂肺的不捨。我恨自己沒有好好珍惜與之相處的時光，總以為一切都還有明天。

也許正是因為那份心痛，讓我對魚兒的感情更難割捨。讓我在這個本該快樂的日子裡，內心充滿了惆悵與思念。

每一根生日蠟燭，彷彿在提醒我：珍惜眼前人。

詩句分享

春
春深草木映光輝，新綠如詩染翠微。
萬物生機皆自得，心隨花開共芳菲。

夏
夏日炎炎蟬聲遠，竹影搖風好入眠。
一枕清涼夢無盡，醒來已是夕陽邊。

秋
秋安美景醉人眼，楓紅菊黃共流連。
遊賞山川心自靜，無事一身輕似仙。

冬
生命如雪只一回，人生似夢一場遊。
凡事莫執心常闊，知足常樂自無憂。

緣
相逢自有天註定，珍惜當下情意濃。
夢裡尋魚千百度，魚在燈火闌珊中。

情
寧讓愛意成遺憾，不願隨緣了塵緣。
我心本向魚兒去，奈何魚兒照溝渠。

悟
命裡有時終須有，命裡無時莫強求。
有花堪折直須折，莫待無花空折枝。

2024 / 10 / 26 (六) 😢

又是一個清晨，魚兒傳來一張早安圖。

如果我沒猜錯，魚前幾天去參加新加坡商品展，按時間來算，現在應該是展期結束、準備回國的時候了。於是，我連發了四張貼圖，包含「平安歸國」、「要帶禮物」、「旅途平安」等，每一張都蘊含著我的期盼與牽掛。

我多希望，你能感受到這份心意。即使遠隔千里，我的心，始終緊緊跟在你身邊。

2024 / 10 / 27 (日) 😢

又是只有一張早安圖，心裡不禁泛起一絲失落。

2024 / 10 / 31 ㈣ 😢

魚又消失好幾天了。

我拍了一張新竹客運招牌的照片,傳給了魚,打破了沉默數日的對話框。這是一張有特別意義的問候圖。魚兒曾跟我說過關於新竹客運的故事,那些話,我一直記著。

說也奇怪,魚對我說過的每一件事,我都記得一清二楚,甚至連當時的語氣、語調,也清晰如昨日。

明明只是些微不足道的小事,卻成了我心中最珍貴的片段。

接著,魚傳來一張颱風預警圖,提醒我做好準備。

我跟他說,我這邊風不大,目前只聽得到下雨聲。

他突然轉變話題,問我:「你最近好嗎?」

看到這句話的時候,我的眼淚瞬間奪眶而出,怎麼也止不住。

原來,你心裡還是有我的,對吧?

既然你還關心我,為什麼不聯絡?為什麼要這樣彼此折磨?

我覺得自己就像一個賭氣的小孩,既然你不理我,我也就不理你(其實是不敢打擾你)。

魚:雨下不停……畢,你最近好嗎? 08:44

我:好,也不好。 08:47

我：好，是因為工作越來越忙；不好，是因為心被挖空了。08:47

魚：還會想我嗎？忘了我吧！我只是個平凡無奇的男人，不值得你愛戀。08:47

我：入了心的人，怎能說忘就忘？動了情，又怎能說放就放？我真的放不下啊。08:49

魚：心被挖空，才有新的心能進入你的世界。08:50

我：心碎了，我寧願選擇修補，而不是替換。08:53

魚：破碎了就很難縫補，破洞還可以將就補一補。人就是這麼奇怪——喜歡的得不到，在一起時不珍惜；在一起時懷疑，分開了又想念；想念時想見面，見了面又恨晚。終其一生，都是滿滿的遺憾。08:58

我：人的一生，要走過多少路，才能修得一段塵緣？又要看過多少風景，才能遇見對的人？光陰的巷口雖美，但不是每個人都能在驀然回首時，在燈火闌珊處看見那個等候的人，只能在回憶裡尋找！眾裡尋「魚」千百度，因為你在我眼中是與眾不同的。09:01

魚：是嗎？此人只應天上有，人間哪得幾回聞？愛意隨風起，風止意難平。09:08

魚：不一樣的魚兒，不一樣的煙火，是嗎？09:08

我：喜歡，就要勇敢去愛；在一起了，就要好好珍惜。每個人都有愛的權利，愛上一個人並沒有錯，尤其是

你。如果做不成戀人,那就以朋友的名義相守吧。淡淡地欣賞,淺淺地喜歡,不近不遠地守望彼此。09:12

魚傳來一張貼圖,上面寫著:早安,每天都要和為你充電的人在一起。日子要和懂你的人一起過,才算值得。最大運氣不是遇到誰,而是遇到那個打破你慣性思維、提升你格局與眼界、讓你走向更高境界的人——人生的貴人。

我:同意。09:28

我:我可能無法成為你事業上的貴人,但我們可以成為彼此生活中的貴人。09:41

我:還是你覺得我什麼都不是?因為我不夠優秀、不夠懂你?09:43

每當 Line 的提示音響起,我總是滿懷期待,希望是你傳來的訊息。

但每一次,換來的都是失望與落空。於是,我只好寫下一些詩句,試圖用文字來安放對你的思念。

然而,這些詩句總是刪刪寫寫,最後只能藏進心底,成為無人知曉的秘密。

夜深人靜時,我常常喝醉。微醺的時候,就會特別想你。其實,酒與思念沒有必然的關聯,因為即便清醒,我也從未停止想念你。

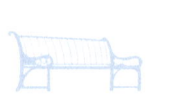

魚兒，你就像一條靈動的魚，在我腦海裡不停游動，揮之不去。

　　我不明白，為何這份情感如此深刻，難以放下；也不明白，為何你在我記憶中如此鮮明，無法遺忘。

　　我好想聯繫你，卻總覺得自己沒有立場去打擾。彷彿有一條看不見的線，把我困在原地，動彈不得。

　　有人說，當你對生活感到焦慮時，就去聽音樂吧。

　　每一個音符、每一句歌詞，都彷彿在講述我自己的故事。

　　音樂雖無法解決我所面對的難題，卻能撫慰我疲憊的心靈。在旋律的陪伴下，我渴望，終有一天，能重新找回內心的平靜。

　　還記得那段日子，同學的離世讓我陷入極度的悲傷與低潮，是你——魚兒，推薦我去聽王心凌的〈我會好好的〉。那首歌成了我當時的救贖。

　　每一句歌詞都像是為我量身打造，替我說出心底的痛，也給了我一絲力量。

　　真的很謝謝你。謝謝你讓我在那段黑暗時光裡，還能感受到溫暖。

　　魚兒，我多希望我們能回到從前，回到那段無話不談的日子。但如今的我，只能將這份思念深埋心底，靜靜守候，默默祝福你。

2024 / 11 月份

只願君心似我心，
定不負相思意

Those Days in November 2024

2024 / 11 / 01 (五) 😢

　　清晨，我忍不住傳了訊息給魚，昨晚風雨交加，我擔心他是否一切安好。

　　我還分享了自己在 Facebook 上的一篇貼文，想讓他多了解一些我的近況，抱持著或許能讓我們之間的距離靠近一點的小心思。

　　他簡單回覆我：「沒事！一切平安！」

　　知道他平安無恙，我的心稍微放下，但那過於簡短的回應，仍讓我感到失落。

　　我們之間的距離，彷彿又悄悄地遠了一點。

2024 / 11 / 02 (六) 😖

　　早上 9:28，我特地傳了一張自製的問候圖給魚，他也回了一張有趣又溫暖的早安圖，圖裡的大紅愛心讓我會心一笑。

　　我父親喜歡日曆，於是我請魚幫忙替我留一本 2025 年的日曆。雖然距離新的一年還有兩個月的時間，不知道他是否會記得這件小事，但對我來說，這卻是我努力讓我們保持聯繫的方式。

　　魚兒，你知道嗎？

　　這些看似平凡的小事，對我來說卻如此珍貴。每一則對話、每一張圖、甚至你每一次的回應，都讓我感受

到我們之間那微妙而真實的連結。雖然你總是若即若離，我卻依然一再珍惜這些片刻，因為它們，正是我心中最溫柔的回憶。

我仍然希望，某一天，我們能像從前那樣──無話不談，彼此關心，不再忽遠忽近，而是並肩而行。

2024 / 11 / 03 (日) 😫

一早，魚兒傳來了一籃玫瑰花貼圖。

看著那滿滿的玫瑰，我忍不住笑了出來，心裡湧上一股甜蜜與感動。這份突如其來的驚喜，讓我的心情瞬間飛揚了起來。為了回應他的心意，我特地自製了一張超動感的早安圖傳給他，希望他能感受到我內心那份雀躍與喜悅。

更令人出乎意料的是，我們在毫無約定的情況下，下午在運動場所「巧遇」了！

這場意外的相遇讓我又驚又喜。我們一起運動，一起揮灑汗水，那種並肩努力的感覺，真的很棒──彷彿回到了從前那些無憂無慮、彼此陪伴的單純時光。

就在我沉浸在這份美好時，叔叔突然打電話來，要我過去找他。雖然有些不捨，但我還是提前離開了。原來，叔叔是要拿幾包羊肉爐給我，我第一個就想到魚兒，我想帶一份給魚兒，讓他也可以補補身體，或許也能感受到我的關心。

當我興沖沖地傳訊息問他要不要吃羊肉爐，他卻以「要洗澡」為由，婉拒了我的好意，讓我的心瞬間涼了半截。

　　那冷淡的語氣，就像一盆冷水澆在我熱騰騰的心上，讓我措手不及。

　　原本滿懷期待的一刻，瞬間變得失落又委屈。或許是情緒太低落了，我在倒車時不小心撞到了車。那一瞬間，壓抑的情緒如潮水般湧上心頭，眼淚差點奪眶而出。

　　魚兒，你知道嗎？你的每一句話、每一個態度，都深深牽動著我的情緒。

　　我多希望你能明白我的心意，不是用這樣冷冷的一句話回應我，而是真正感受到我想對你好、想靠近你的心。

　　這一天，我的心情像是坐了一趟過山車，從早上的驚喜，到下午的巧遇，再到晚上的失落與意外，一路起伏不定。

　　魚兒，我真的希望──我們之間能多一些溫暖，少一些冷漠。每一次的互動，我都用心珍惜；但每一次的距離與疏離，也讓我更加害怕失去你。希望有一天，我們能真正理解彼此的心，不再讓誤會與冷淡成為我們之間的隔閡。

2024 / 11 / 05 (二) ☹

　　一早 8:13，魚兒傳來一張早安圖。雖然只是簡單的問候，依然能軟化我的心。

　　沒想到他還記得我前天出車禍的事，問我有沒有去原廠板金？這看似平常的問候，卻讓我瞬間情緒潰堤，淚水止不住地流下來，哭得如喪考妣，嚇得同事們紛紛圍過來關心。

　　魚兒的這句話，讓我感受到他心中還是有我的存在，對吧？對吧！

　　可是，既然他心裡有我，為什麼態度總是忽冷忽熱呢？

　　我實在無法捉摸透他的心思，彷彿身在迷霧中，只能摸索前進，明明感覺可以交心，卻又始終進不去他心裡。這種若即若離的感覺，讓我既期待又害怕受傷害、既甜蜜又痛苦。即使如此，我還是時不時地跟他分享一些事情，例如我對 Nissan 的車情有獨鍾。這些小小的分享，是我能為我們之間互相了解所做的一絲努力。

　　魚兒，你知道嗎？你的每一句話、每一個態度，都會深深影響我的情緒。我多希望你能感受到我的心意，而不是用這樣忽冷忽熱的方式回應我。每一次的互動，我都很珍惜，同時也讓我更加害怕失去。希望有一天，我們能真正走入彼此的心中，把很多事變成美好的回憶。

2024 / 11 / 06 (三) ☺

一早 7:32，手機螢幕亮起，是魚兒傳來的早安圖。

看到那熟悉的名字，心頭頓時湧上一股暖意，彷彿整個早晨都有了陽光，一天的開始也因此充滿動力。

為了回應這份溫柔，我特地製作了一張名為「秋安」的早安圖，想將秋日的美好與祝福，親手送到他的眼前、他的心裡。

我在圖上寫下兩句詩：「秋滿谷，酒盈杯，畢魚彼此上心頭。」

湖面搖曳著火紅的楓影，秋收的喜悅如斟滿的美酒，而「畢」與「魚」兩字當然就是我們兩人的名字，是我對我們這段緣分的祈願。

多麼希望，在這金風送爽的日子裡，我們能彼此依偎，將這份細水長流的關懷與思念，深深烙印在彼此的生命裡。這張「秋安」圖，不只是例行的早安問候，更是我傾注情感的寄託與期盼。透過這一張圖、一句詩，希望能把心中的溫柔與惦念，跨越距離，輕輕送到魚兒心上。

魚兒，也許你從未察覺，每一次你傳來的圖，對我而言都是禮物，而我每一個細心的回應，都是珍惜與守候的證明。

願我們的這些日常點滴，不再只是我單方面的傾訴，而是兩人之間心意相通的對話。希望有一天，我們能共同譜寫屬於我們美好回憶的篇章。

2024 / 11 / 07 ㈣ 😷

今天是立冬，早晨收到魚兒傳來的訊息，雖然是關心，但文字卻透著一股制式化的疏離感：「早安您好，今天立冬天氣冷，雲端後面有陽光，祝福您一切平安順利。」

每個字都看得懂，但連在一起，卻少了溫度，少了那份我熟悉的、屬於魚兒的溫暖。讀著這段話，我心裡不禁有些失落。

因為身體微恙，我提早下班去看醫生，並在 Line 上告訴魚兒這件事，沒想到他竟然回了一句：「看醫生？你進廠維修啦？」

這幽默的回應，讓我笑了出來。我順著他的話，開玩笑地說：「醫生說我血糖低，需要一點甜言蜜語！」

雖然只是短短半小時的閒聊，卻因為這幾句玩笑話，讓我的心情好了許多。魚兒的幽默，總能在我需要的時候，帶來一絲溫暖與甜蜜。

立冬了，天氣漸漸轉涼，但比起外在的寒冷，我更在意的是與魚兒之間的溫度。他制式化的問候，讓我感到陌生；他幽默的回應，卻又讓我感受到熟悉的溫暖。

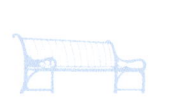

魚兒,你知道嗎?我多麼希望我們之間的互動,能多一些真誠,少一些客套。我渴望的,不是那些制式化的文字,而是你發自內心的關懷與問候。一句簡單的「你還好嗎?」、「要多注意身體喔!」,都比那些華麗的詞藻更能溫暖我的心。

　　希望有一天,我們能跨越這層隔閡,用最真誠的心,溫暖彼此的冬天。

2024 / 11 / 08 (五) ☹

　　今天,我們只有互相傳送早安圖,這份簡單的問候,像是例行公事般,少了從前的熱情與溫度。

　　看著那張早安圖,我試圖從中找尋一絲熟悉的溫暖,卻發現,那份曾經的甜蜜早已悄然褪去。

　　傍晚,我告訴魚兒我下班了,卻只換來冷冰冰的「已讀不回」。

　　我再次告訴他我吃晚餐了,依然沒有任何回應,這份沉默,像是一道無形的牆,將我們之間隔得越來越遠。

　　回想從前,我說我下班了,他會回覆:「好好好」,語氣中滿是關切與溫柔;我說要喝一杯,他會說:「好喔,乾杯!」

　　字裡行間,盡是默契與甜蜜。如今,這些溫暖的回應卻被「已讀不回」所取代,讓人感到無比的失落與嘆息。

這份冷漠，像是一根刺，深深地扎進心裡，讓我不禁懷疑，這段感情是否還能回到從前。

　　我由衷期盼，終有一天，那份熱絡與溫暖能重新回來，這份感情能重新燃起希望與熱情。

2024 / 11 / 09 (六) ☹

　　今天，因為有事到元智大學，我隨手拍了幾張照片，製作成一張問候卡傳給魚兒。幾小時後他回傳一張照片，分享他今天的行程。

　　原來，魚兒今天去參加健走活動，想像著他邁著堅定的步伐，在微風細雨中與千人一同健走，一副熱血男兒的模樣，我不禁感嘆，他熱愛生活的態度真讓人嚮往，真希望哪天我也能跟著魚兒一起並肩健走！

2024 / 11 / 10 (日) ☹

　　昨晚，我對魚兒說，我有一個好消息，很想和他分享，但他看起來好像不太想理我。

　　今天，他終於回了句：「喔！那就不分享啦！好消息就留著慢慢享受！」

　　看到這種回應，真的很讓人無語！

　　我深呼吸一口氣，告訴自己要冷靜。過了 10 分鐘，我回他說：「好消息就是要和好朋友分享的，我想跟你說，但你總是一副不想理我的樣子……我不確定這麼私

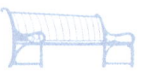

人的事跟你説到底合不合適⋯⋯」

後來,他傳來一張在龍山寺淋雨的照片。

我問他是今天去龍山寺嗎?然後又是「已讀不回」。

2024 / 11 / 11 (一)

昨夜,又是輾轉難眠的一晚。看著那些被「已讀不回」的訊息,心中那股委屈與不悦,再也壓抑不住。

我一氣之下,把訊息全數收回,哼!

但收回訊息後,心裡的不平卻沒有因此消散。

凌晨,我終於忍不住,寫了一篇長訊息給他,把心裡的話都説了出來:

「我開心地想和你分享,結果卻被已讀不回。不是只有這一次,很多時候,我問你事,你也總是已讀不回。或許你真的很忙,或許你對不喜歡的人就是這樣,因為我自己也是。

我不知道是什麼原因讓你變得不喜歡我,也許根本沒有原因,就像我喜歡你一樣——説不上來,就是喜歡,是入了心、動了情的那種莫名喜歡。

記憶中,我從未有過如此強烈的悸動,你是此生唯一能觸動我心弦至此的人。我們雖未曾真正開始,你卻已在我心中深深扎根,種下難以磨滅的印記。那感覺,彷彿前世早已注定相遇,今生重逢,僅僅一眼,便已是

刻骨銘心，彷彿一眼萬年。

可是你的態度，真的讓我很難過……

故事還沒開始就要結束，我雖不捨，卻也得學著坦然接受。否則每當一天忙完後，我的心就會泛酸，眼淚也會不自覺流下來。

十月快接近我生日那段時間，你消失好久，我每天都在想：如果我會輕功，我一定會像俠女那樣飛簷走壁去找你！

生日當天你給了我一句：『有花堪折直須折，莫待無花空折枝』，我以為你回心轉意了，開心得不得了，然後……我才發現，是我會錯意了。

你總是忽冷忽熱，若即若離……

魚兒啊，我是真的珍惜這段緣分，希望我們能開心地相處，彼此關心照顧，而不是像現在這樣。我不圖榮華富貴，只想要一份偏愛與真誠。你能不能，真誠地偏愛我一點？

你一直叫我別愛你，但你的理由從來無法說服我。也許有一天，當我披上袈裟，我會愛天、愛地，不再愛你……

我曾問過佛祖，咱們是否有緣，佛說『有』，但我現在好想再問祂：如果這段緣讓彼此都這麼痛苦，我可不可以不要？

魚，我真的不知道你心裡在想什麼，我也不敢亂猜，因為每次我都猜錯。

你說過，我們是兩個獨立的個體，需要時間融入彼此，我很努力讓你走進我的生活，也努力配合你，慢一點、真一點、少一點猜測。

我很珍惜你每次的回應，也用心回應你。雖然我們都不是彼此的第一任，我卻以為會是彼此的最後一任……但現在我才明白，是我自作多情，因為你甚至不願再跟我說話了。

好多次，我想聽聽你的聲音，可你不是急著掛掉電話就是找理由閃躲！

唉，罷了。

你就像天空的一片雲，偶然投影在我心湖的波面，令我驚奇又欣喜，卻轉瞬即逝，消失無蹤。

我們曾在熱鬧的『武林高手』相遇，你有你的方向，我有我的路。你若忘了，也好；若沒忘，就請記得那一刻，我們曾互放的光芒。」

我是真的想放棄他了……

面對我的長文，魚兒似乎有些鬆動了：

「了解你的心情！謝謝你把心裡的話說出來，謝謝你一直喜歡我、愛慕我、這麼重視我。我不是天上的一朵雲、也不是一片雲，我只是夕陽餘暉裡的一抹彩霞……

別怪我已讀不回，其實我也喜歡你，但我承受不起再次失去的痛！

你說的那些互動，你問我在不在乎，我只怪自己沒有好好抓住你的手，所以才發生讓你難過的事。

我真的好想哭……畢兒別這樣，好嗎？

讓我們都用平常心對待彼此吧。

或許不久之後，就會雨過天晴。

解不開的緣、解不開的情啊……

P.S. 你呦，一大早還讓我上不上班呀？」

「Dear 魚兒，

我一直都是用『平常心』對待我們的感情啊，我沒有用什麼『不正常心』。

是你，一直在逃避，對吧？

你說你想哭……但每次哭的都是我，不論是難過還是開心，尤其是在你很久沒理我，卻忽然問候我的時候。

有一次你問我最近好嗎？你知道嗎？光是這句話就讓我哭了 10 分鐘……

還有那天早上你關心我撞車後有沒有去維修，那一刻我在辦公室裡大哭……

你曾說過：當我想哭時可以打給你，你會陪我，這句話現在還算數嗎？

讓我們一起努力，好嗎？

只要你不討厭我，我們真的可以很開心。

我們都能理性地溝通，有話就說，不要讓對方猜。這樣，好嗎？

若失去你，就算得到全世界，對我來說也毫無意義。

你隨時都可以抓住我的心，我的手，我根本無處可逃啊！

你知道的，我對你毫無抵抗力⋯⋯

我真的很難放下你。

每次手機響起，我總希望是你；我寫了好多訊息想傳給你，但寫了又刪，刪了又寫，最後只能放進心裡。

訊息可以刪除，但『你』卻怎麼也刪不掉。

嘿！我們和好，好不好？

這一切都是緣分，不要怪誰⋯⋯

我相信這是老天安排的緣分。

入了心的人無法忘，動了情的人也難放。

人海相遇千年修，有緣才能成為朋友；

不論經歷多少春秋，一生知己最難求。

畢有情，魚有誠，相逢便能續前緣。

不求富貴，只求靜好，直到人生九十九。」

只是最後還是沒有結論。這段感情該何去何從？我真的好迷惘⋯⋯

魚之戀

思念如潮，
在晨光未醒時湧動，
在夜色深沉時翻湧。
魚兒啊，
你是否正啜飲著豆漿的溫熱，
讓水煎包的香氣喚醒清晨？
午後的陽光是否灑在你的餐盤上，
映照著那塊金黃的炸豬排？
晚餐的麵條是否仍是你孤單的陪伴？
水果的甜，
可曾滋潤你忙碌的唇？

我缺席在你的日常裡，
卻沉淪在你的身影中。
如飛蛾撲向燭火，
明知灼傷，
仍貪戀那抹溫暖的光。
心碎如花瓣散落，
每一片都刻著你的名字。
即使結局寫滿遺憾，
我仍慶幸與你相遇。

愛你，
是我無法戒除的癮，是發作了的毒，
是深陷泥沼卻甘之如飴的沉淪。
每分每秒，
思念如藤蔓纏繞，
將你緊緊捆綁在我的記憶裡。
越陷越深，
直至呼吸都帶著你的氣息。

2024 / 11 / 12 ㈡ 😖

  上午 10:19，我傳了一張自製的早安圖，上頭寫著：「深秋風波溼氣寒，銀雲不散心糾結。」

  順口問了魚兒一句：「很忙嗎？」

  他簡短回覆：「很忙呢！」

  晚上，我們通了兩次電話。第一次聊了 17 分鐘，後來又講了 38 分 44 秒。

  聊得起勁時，電話卻突然斷了。我傳訊息問他：「怎麼了？」

  他說是他女兒過來跟他要零用錢，我們只好結束通話。

  看著這樣的回覆，我心中五味雜陳。

難道，我們的關係是不能被人知道的嗎？

我的女兒都知道他的存在，甚至還幫他取了個「詩人」的外號。但為什麼他和我講電話時，卻要那麼神神秘秘？

我向鄭姐傾訴，鄭姐的直覺告訴她，她覺得對方不是女兒，而是「女人」。

今晚聊天時，我終於忍不住告訴他：「這樣的感情真的很累，或許我們都應該冷靜一段時間⋯⋯」

話還沒說完，他就急忙打斷我：「你那麼優秀，我怎麼可能放棄你？」

我不懂，這種「進一步難以取捨，退一步又不忍割捨」的關係，究竟算什麼？

2024 / 11 / 13 ㊂ ☾

整日無聲無息，思念如潮，難以平息。

晚上睡前，我傳了一段罐頭心靈雞湯給魚兒：

「有一種女人，在愛你的時候，是全心全意、毫無保留地為你付出。

她的性子直、脾氣急，可能有點小脾氣，卻善良真誠。她說話不喜歡拐彎抹角，因為她沒那麼多心眼。

但在感情上，她反而會有點小心機，因為她在乎、她愛你。

她會吃醋、會鬧情緒，因為她心裡裝著你。

當她愛你，她會毫無保留地奉上全部的真心，哪怕在旁人眼裡，那份愛看起來像個笑話、甚至太過卑微。

可她不在乎，她甘願如飛蛾撲火，義無反顧。

她不會跟你計較得失，也不會用你對她的方式來回應你，她只想無愧於心、忠於感情，對得起自己所愛的男人。」

你覺得這樣的女人很傻嗎？

2024 / 11 / 14 (四)

一早，他傳來一顆剝開的釋迦，並附上一句話：「你要活得通透一點！你要活得哲學一點！我只是一個現在讓你很迷糊的男人。」

前一晚，他才在電話中說捨不得放棄我，怎麼今天，話鋒一轉，又變成「我只是一個現在讓你很迷糊的男人」？

魚兒啊，你為什麼總是這樣忽冷忽熱？

為什麼我們的關係，連往前一小步都這麼難？

你那麼聰明，難道真的不明白我心裡想要的其實只有你多一點的關心和溫暖嗎？

每個夜晚，我總是戴著耳機聽歌，用旋律催眠自己。半顆安眠藥早已無效，我又沒有勇氣吞下一整顆。於是，

「心痛」、「心酸酸」、「喝點小酒」、「流些情淚」……這些情緒夜復一夜、一遍又一遍地上演，我也一遍又一遍地承受這場無聲的折磨。有時甚至是半夢半醒地撐到天亮。

此刻，我終於懂了，什麼叫做——「垂淚到天明」。

2024 / 11 / 19 (二) 😔

這次，魚兒消失了好久。也許，他在忙展覽吧？

最後一次聯繫是在 14 日，整整過去五天又兩個小時，沒有任何他的消息。

我一遍又一遍地告訴自己，要放下、不要再想他，更不允許自己再為他痛哭。我想，就讓我們各自忙碌，這樣也好。雖然理智上明白該放下，可情感上，卻如此困難。

「放下」這兩個字，說來容易，做起來卻艱難至極。唉！無論如何，我一定要相信自己，一定能夠度過這場情劫。儘管，我的心仍隱隱作痛，對他的思念像是戒不掉的癮，讓每個夜晚都變得如此難熬。

鄭姐看我如此為情所困，心生不捨，晚上特地邀我隔天一起去運動。

「我們約好囉！」她笑著說。

她希望我能藉著運動，發洩心中的情緒與體力，也好走出這段感情的迷途。

2024 / 11 / 20 (三) ☹

晨光悄然漫上窗簾，手機突然震動。沉默許久的對話框冒出了一串氣泡——是一張泛黃的老夫妻插畫，配上一句工整的字句：「年紀越大，越要學會和自己相處，做自己喜歡的事，陪自己喜愛的人。」

我的指尖懸在螢幕上方微微顫抖，最終只留下那行「已讀」的標記。這是我第一次，任他的訊息沉入未回覆的深海。

他總像候鳥一樣追逐著季節與喜好。那些說好要一起走的路，最後都成了我獨自徘徊的迷宮。

「陪自己喜愛的人？」我對著空氣冷笑出聲，掌心早已掐出一道道月牙痕。

若真有心，怎會連影子都不肯分我半寸？

或許有人會說：「所謂『喜愛的人』，未必非你不可。」

可若當真無心，又為何要用曖昧的糖衣裹著玻璃渣餵我？難道他看不見我捧著碎了一地的期待，連呼吸都滲著血沫嗎？

然而命運總愛在絕望時拋下一條救生索——他竟然

現身運動場所！

　　他比我早到達運動場所。我是在事後聽鄭姐跟我說，他整場都用餘光掃視入口，一直在叫著我的名字。像是弄丟了珍珠的貝殼，不停地開闔著尋找自己的寶貝。

　　──這算什麼啊？

　　這是潮水退去後，故意遺落的貝殼紋路？還是深海魚類偶爾浮上海面換氣的瞬間？

　　我蹲在更衣室，把臉埋進毛巾裡，分不清溼透纖維的是汗水、淚水，還是其他什麼。

　　《佛經》裡說，情劫要歷經八萬四千種苦──原來每種苦都能長出不同的倒刺，扎在心上，便成了會呼吸的傷口。

　　什麼時候開始，連情話都變成了帶刺的荊棘？

2024 / 11 / 21 (四) 😔

　　清晨，他傳來一段影片。我的手機螢幕還殘留著昨日對話的溫度，像是情緒的餘光，尚未散去。

　　昨日與他一同運動的畫面仍在腦海裡盤旋不去──魚兒旋轉時揚起的笑容，像極了夏夜裡驟然綻放的煙火，短暫卻燦爛。

　　他指尖輕觸我的那一瞬，彷彿電流滑過腰際，酥麻的悸動在體內層層擴散。

我把這份難以名狀的悸動化成文字，寫下：「不管如何，我還是延續昨日的開心。」

　　當我按下傳送鍵時，指尖還沾著剛泡好的咖啡香氣。這句話像是清晨第一縷陽光，溫柔地灑進心裡，充滿暖意與期待。

　　游標閃動著，我繼續寫道：「帶著這樣的心情上班，真的覺得世界很美好。」

　　傳送鍵上的指紋，與窗外灑落的金黃陽光交疊。辦公桌上的多肉植物舒展著肥厚的葉片，彷彿也能感應到我的雀躍心情。

　　我將最後的祝福輕輕放入訊息，如同拋向海面的許願貝殼：「希望你我今日諸事皆順利！」

　　三個表情符號在對話框中歡快地跳動，彷彿沙灘上忽然湧來的浪花，攜著細碎星光輕拍岸邊。

　　然而，一整天下來，我的訊息依舊靜靜躺在對話框裡——被已讀，卻未被回應。像是被遺忘在深海的漂流瓶，孤單地等待著誰的召喚。

　　魚兒的沉默，讓我的心輕輕起伏，像被微風撩起的湖面，泛起一層層細緻的漣漪，夾雜著淡淡的失落與疑惑。

　　儘管如此，我依然願意相信，有些心意不需要立刻回應。它們會在時間的長河中慢慢發酵，悄然轉化成未

來某一刻的驚喜。

或許，這份等待，本身就是一種溫柔的期待，讓人在忙碌的日子裡，多了一縷柔軟的牽掛。

2024 / 11 / 22 (五) 😀

氣象預報說，下週二到週四將迎來今年最強的一波寒流。我望著手機，忍不住傳去一則訊息：「氣象預報說下週會很冷，要注意保暖哦。」

片刻後，他回覆：「感恩你的關心！」

我忍不住笑了，回道：「不用感恩，對我好一點即可！」

那個笑臉符號在螢幕上閃爍，彷彿冬日裡悄然綻放的一抹微光。

鼓起勇氣，我又問：「晚上下班可以說說話嗎？」

這次的等待，比即將來臨的寒流還要漫長。

已讀標記像是一扇緊閉的窗，靜靜地躺在對話框中，封住所有對話的可能。

我把臉埋進圍巾，吸進一口冷冽的空氣，卻無法將心頭那股悄然蔓延的失落驅散。

深夜裡，我靜靜望著窗外零星的燈火，忽然想起童年讀過的一則童話——在寒冷的冬夜裡，只要點燃一根火柴，就能看見最溫暖的夢境。

或許，我也該學著為自己點燃那根火柴，而不是總在等候別人點亮我心中的光。

2024 / 11 / 23 (六) ☹

昨晚傳去的訊息「晚上下班可以說說話嗎？」依舊靜靜躺在對話框裡，直到今晨才收到短短一句回覆：「I have got my hands full.」

這句話，就像一扇門，把我所有的期待都關在了門外。

是嗎？真的這麼忙嗎？現代人手機不離手，忙？不忙？你我皆心知肚明，又何必說謊？我盯著螢幕，心底泛起一絲苦澀，卻還是努力讓語氣保持平靜：「OK, then, when you are available for chatting, just ring me. I just want to listen to your voice or just say good night, good morning to each other, etc... even though only one word...」

這幾行英文藏著我所有的渴望與妥協，像冬日裡微弱的光，努力想穿透這層厚重的沉默。

最後，我還是忍不住補上一句：「Miss you.」

句尾那顆小小的愛心符號，如同一粒被遺落在雪地中的種子，靜靜等待著春天的到來。

但螢幕上的「已讀」依舊沒有回音，這份期待再次

凍結在寒風中。

或許，有些話注定只能留在心底，像一首唱到一半便沉默的情歌，只剩旋律在寂靜的夜裡輕輕迴盪。

2024 / 11 / 24 (日) 😢

午後一點，陽光斜斜地切過「武林高手」的鏡牆，像一把無聲的光刃，把空氣劈開一道寂靜的縫。

我機械式地跟著鄭姐做暖身，眼角餘光卻在每次轉身時，不自覺地掃向入口。

音樂響起前的最後三十秒，那扇門依然緊閉，魚兒今天不會來了。

胸膛像灌進一陣凜冽的風，連呼吸都帶著細碎的冰碴。

當〈Can't Stop the Feeling〉的節奏炸開時，我的四肢在歡快的旋律裡精準擺動，耳膜卻只聽見自己心跳的轟鳴。

後頸沁出的薄汗讓我想起──上次他站在這個位置時，指尖曾不經意擦過我腰間的溫度。

鏡中倒影裡，我的笑容像被雨水泡皺的舊照片，在重拍節奏裡一片片剝落。

返家後，我蜷縮在未開燈的客廳，手機螢幕的藍光刺得我眼眶發酸。

指尖滑過那篇 FuLong Cycling 的紀錄文，九宮格裡蜿蜒的自行車道逐漸模糊。

　　那是最想念他的時候，我獨自騎著單車，把情緒化成風，把壓力飆成轟，劃破時空。沿途的每一幕風景，都成了對他的訴說與投射，直到雙腿痠麻，才意識到──原來這條路，從頭到尾只有我一人。

　　「分享給 Line 好友」的按鈕在黑暗中閃爍得像誘餌。我把那段浸透暮色的文字寄往虛空，附上精心包裹的玩笑語氣：「Share an article with you.」

　　「已讀不回」似乎成了可預期的答案，像極了我們之間永遠差半步的舞序──他永遠不知道，那天的風是怎麼捲走我內心翻湧的淚水；正如此刻，他也不會聽見我的哽咽，更看不見我哭得紅腫的雙眼。

　　我把臉埋進掌心，微微顫抖著。

　　手機螢幕仍亮著藍光，我又點開收藏夾裡的早安圖。明天該換哪一張貼圖開啟對話？

　　這個問題，就像一枚尚未癒合的傷口，在每一個深夜準時甦醒，伴著月光，反覆滲血。

2024 / 11 / 25 (一) 😢

　　早上 10:07，手機螢幕亮起，是魚兒傳來的訊息。

　　他分享了昨日造訪落羽松林的照片，並附上一句：

「因為心情不穩定,所以去散散心。」

我感受到他字裡行間藏著一絲不易察覺的憂鬱。

我立刻回覆:「怎麼了嗎?你願意說,我願意聽。」

我真心希望能成為他傾訴的對象,哪怕只是靜靜陪伴。

但他只是輕描淡寫地回了一句:「沒事啦,更年期症候群而已!」

要我別多心,甚至打趣笑我:「你不但多心,還很執著。」

就這樣,我們一來一往地聊著,像兩隻在冬日裡互相靠近的小鳥,用些許對話,在寒意中尋找一絲溫熱的慰藉。

晚間 21:19,他又傳來訊息:「今晚要守望相助到 12:00。」

我望著亮著的螢幕,心底泛起一抹淡淡的擔憂與不捨,於是試探地問他:「明天下班後若有空,可否電話聊聊?」

他沒正面回答,只跟我道了句晚安,叮囑我早點就寢。我無奈地回覆:「好,晚安,Love you forever。」

或許,有些關心只能悄悄藏在心底,像夜空中靜靜閃爍的星星,不張揚,卻持續守候,在他看不見的地方,默默發光。

2024 / 11 / 27 ㈢ 😢

　　昨日消失了一整天後，今晨 8:44，魚兒傳來一段影片。然而，那段影片我早就看過了，心底不由得泛起一股失落。

　　晚上，我還是忍不住回了他一句：「魚在比鄰卻若天涯。」短短幾個字，藏著我說不出口的思念與無奈。好想哭啊⋯⋯

2024 / 11 / 28 ㈣ 😢

　　這天，他傳來一張早安圖。

　　我鼓起勇氣問他上週是去哪裡看落羽松的，說我也想去散散心，想藉此打開話題。卻遲遲未得到回應，訊息像石沉大海。我盯著「已讀不回」的畫面，心裡隱隱發酸。

2024 / 11 / 29 ㈤ 😊

　　一早 6:59，魚兒又傳來一張早安圖：「遇見美好。」

　　我撥了電話過去，卻無人接聽。

　　9:37，他又補上一張早安圖：「心想事成。」

　　我不禁苦笑，心想現在到底是在玩什麼把戲？

　　忍不住向他抱怨：「心想事成？我想跟你說說話的心願都無法達成⋯⋯現在可以說話了嗎？讓我達成願望吧⋯⋯」

最後我們終於通上話了！耶！

能跟魚兒聊天，就是快樂的事。無論聊什麼，我都開心。曾看過一句話說：「願意陪你聊天，天南地北都能聊的人，肯定是喜歡你的。」

呵呵，是嗎？是嗎？是嗎？

或許，這樣簡單的陪伴，就是我此刻最嚮往的幸福。

2024 / 11 / 30 (六) 😭

一大早，魚兒傳來一張早安圖。

我問他是不是去參加環保志工服務，但訊息就像石子投進了深潭，只激起一圈漣漪，便歸於沉寂。

9:54，我分享了早餐照，魚兒終於回了一句：「今早健走活動！」

我們斷斷續續地聊著，我告訴他：「我洗碗時打破了一個碗，還割傷了手指……」

他卻沒有回應關心。

我的心宛如被一陣冷風吹過，泛起淡淡的涼意。

白天問的問題，到了夜幕低垂才得到回音。

就像正午的驕陽永遠碰觸不到午夜的星空；拂曉的微風不懂長夜漫漫路燈的等待。思念的人終究只能在夢裡邂逅。

但現實的日子終究還是要繼續往前走。鄭姐說：「快

樂是生活的底色，幽默能讓困境化為笑談。哭完了，就要笑著過！」

她要我學著簡單過日子，不為任何事太過憂愁。畢竟，這就是生活的滋味——有酸、有甜、有苦、有樂。

而我們，總能在這一味一味之間，慢慢找到屬於自己的那份平靜與滿足。

2024 / 12 月份

此情無計可消除，
才下眉頭，卻上心頭

Those Days in December 2024

2024 / 12 / 01 (日) 😔

　　整個早晨，手機靜得讓人心慌。

　　9:45，我終於忍不住，輕輕敲了敲他的世界：「叮咚，叮咚，有人在家嗎？路過問候你一下！」

　　還附上一張土地公廟的照片，香煙裊裊，希望能透過螢幕，傳遞一絲溫暖給我那隻有些疲憊的魚兒。

　　9:58，他終於回應了：「這是哪兒的土地公廟呀？」

　　「我家附近的呀！老Ａ，今天可是初一哦！」

　　「老Ａ？」

　　就這樣，「老Ａ」成了我們當天的話題。

　　我們聊了28分27秒，他的聲音裡透著疲憊。里內的事務讓他心煩，而里長的不圓融，更是雪上加霜。

　　我試著邀他出門散散心，也許陽光能驅走他心中的陰霾，他卻直接拒絕我的邀請。

　　鼻子不舒服的他像隻蜷縮的貓，連聲音都染上了濃濃的鼻音，彷彿感冒的陰影悄悄靠近。

　　晚上，我想關心他是否看了醫生、有沒有吃藥，電話那頭卻只傳來水聲：「我在洗澡，沒聲音。」

　　話音剛落，通話便戛然而止。

　　我握著手機，心中泛起一絲無奈與困惑。這個人就像一尾捉摸不定的魚，時而靠近，時而遠游，卻又讓人忍不住想靠近，想了解，即使他總是——那麼地奇怪。

2024 / 12 / 02 (一) 🫠

中午 12:23，手機震動了兩下。

一張照片是他手中握著一條魚，魚鱗在陽光下閃閃發亮；另一張，是花與海的交織，海浪輕拍著岸邊，彷彿都能聽見潮聲。

「今天去哪？」我問。

「海邊。」他簡短地回了一句。

「哪兒的海邊？」

螢幕又陷入了沉默，是那熟悉的「已讀不回」。

他的世界，總是像海一樣深邃，讓人忍不住想靠近，卻又總是捉摸不透。

2024 / 12 / 03 (二) 😢

整天，手機靜得像個被遺忘的角落。直到晚上 20:30，他打來電話。短短 3 分 40 秒的對話裡，他的聲音沙啞得像是被感冒籠罩，顯得疲憊又無力。

「我還沒時間去看醫生，待會要去里長辦公室開會。」

我只能輕聲叮嚀他多喝溫開水，但心裡卻像被什麼緊緊揪住，擔憂與無力感交錯著，久久難以平靜。

2024 / 12 / 04 (三) 😭

早晨 8:12，我傳了一則訊息，提醒魚「要要要要要

記得去看醫生」！還用他前天的照片，做成一張問候卡，題上一首我寫的小詩：

心情寄語
我見魚兒四處游，相逢牽手生漣漪，
魚兒游入畢心中，緣起緣落要珍惜。

　　這首詩，是我對緣分的感悟，也是對他的關懷與提醒。每一次相遇，都是命運的牽引；每一段關係，都值得用心珍惜。
　　「有去看醫生嗎？」我問他。
　　「吃了一包感冒藥，舒服多了。」他的回覆讓我稍感安心，但心裡還是隱隱牽掛著──希望他真的有好好照顧自己，畢竟，健康是人生最珍貴的財富。
　　午後從鄭姐口中得知瓊瑤離世的消息，我心中頓時掀起一陣波瀾。她的文字曾陪伴無數人走過青春；她的故事，曾讓無數人為愛流淚，為情動容。如今，瓊瑤老師飄然離去，正如她自己所言：「如雪花般飄落，飄然落地，化為塵土。」
　　但我心中卻泛不起一絲漣漪──那不是冷漠，而是一種面對無常的靜謐感嘆。佩服她的勇氣，也敬重她那份看淡生死的豁達。

到了晚上，我迫不急待地將這件事告訴魚兒：「下午得知瓊瑤離世的消息，真是震驚我了！她是我從小學畢業後就開始追的作家，國中時太迷她的小說，以至於高中沒考好。以前都在學校附近的租書店租她的書來讀。雖然她的小說常被批評太夢幻，甚至荒誕，但她筆下大量運用詩詞歌賦，讓言情小說變得詩情畫意，脫俗清新。我愛讀瓊瑤小說，在我青澀的求學歲月裡，背的不是理化公式，也不是英文單字，而是瓊瑤小說裡的句子。她的作品，撫慰了那時許多少年少女對愛情的想像。不過我更佩服她的是，她真的很勇敢也很決絕，能把人生看得那麼開！」

　　魚回了一個「shock」的表情貼圖。

　　這樣的回應，像一陣微風輕輕拂過，沒有掀起太多波瀾，卻讓我感受到他內心的某種震動。

　　有些情感，或許無法用語言完整表達，卻在沉默與符號中，傳遞著無聲的默契。也許，這就是我們之間的節奏——不需要太多言語，只需一個貼圖、一句短語就能感受到彼此的在乎。

　　但我仍然渴望，他能更主動地回應我的情感。這種互動的平衡，就像一場無聲的對話，需要時間、耐心與包容，才能磨合出最舒適的相處方式。

　　在這段關係裡，我始終懷抱著一份期許，期許他能

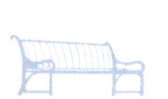

珍惜這段緣分，在每一次互動中，讓情感更深厚，讓默契更穩固。或許，這正是緣分的真正意義——在無聲中傳遞情感，在默契中守護彼此。

2024 / 12 / 05 (四) 😢

今天，公事的忙碌與對魚兒的牽掛交織成一片。趁著空檔，我傳了訊息：「感冒好點了嗎？」

他沒有多說什麼，只回了一張「日安」的圖。

圖中的茶色溫暖，卻驅不散我心中的擔憂。他的沉默，如同一層薄霧，模糊而朦朧，讓人看不清，卻又忍不住想靠近。

親愛的魚兒啊，難道非得等到我對愛無波無瀾、淚水流盡、將你遺忘，你才願意回應我這一點點關心？

2024 / 12 / 06 (五) 😢

今日我再次關心他的身體狀況，並告訴他：「我也感冒了，剛才抽空去看了醫生，醫生要我多休息，可是我最近真的很忙，怎麼休息得了呢！」

螢幕依舊安靜，那熟悉的「已讀不回」像一道無形的牆，將我的關心拒於門外。心裡的失落，如同冬日的雪花，一片片堆積，卻無人拾起。

親愛的魚兒啊，難道真要等到我將記憶焚燒殆盡，將過往徹底抹去，連愛與恨都化作塵埃，你才肯回頭，

看看仍然站在原地的我一眼嗎？

2024 / 12 / 07 ㈥ 😢

　　一整天，手機靜得像被遺忘的角落。沒有消息，沒有回應。心中的失落如潮水般向我湧來，悄悄地淹沒了我所有的期待。

　　魚兒啊，你是否知道，你的沉默，像一陣風，吹散了我僅存的勇氣？是否真要等到我將一切歸零，你才會明白──我對你的愛，從未改變？

2024 / 12 / 08 ㈰ 😭

　　魚，你知道嗎？其實今天我是哭著離開的。從上車那刻起，眼淚便止不住地滑落，一路哭回家。淚水如斷了線的珍珠，一顆顆墜落，帶著說不出的委屈與心痛。你──可曾看見？

　　前幾日聽聞你身體不適，我心裡滿是牽掛，連續幾天主動關心你，但你始終沒有回應。那沉默，就像一把無形的刀，割得我心口作痛。今天，我忍著尚未痊癒的病體，專程往返 70 公里，只為去「武林高手」一探究竟。

　　當我看到你神采奕奕的模樣，我的心情複雜難言。喜的是，你身體健康如昔；悲的是，我終於明白，在你心中，我什麼都不是──只是個過客罷了。你明明這麼了解我，卻選擇忽視我的存在。我們近在咫尺，卻像隔

著天涯，成了最熟悉的陌生人。

你不是答應要給我日曆嗎？為什麼連一句話也沒聯絡？即便我遠道而來，你依然不理不睬。我真的好痛、好難過。

我沒有忘記你，但你卻早已把我遺忘。我一直以為，只要我夠真心，就能感動上天、也能感動你。可現在我終於明白，我錯了，而且錯得離譜。這段你曾說是上輩子的緣分，你早就不稀罕了，甚至將它徹底拋棄。

與你相識、深愛過，我不後悔。但你或許會覺得我很沒出息──可我說過：「你若一直在，我就一直愛。」只是現在，你已經不在了。我卻還困在原地，走不出來，也無法對其他事情提起興趣。

我需要一種藥，一種能讓我忘記一切的藥。我想回到過去，回到今年 7 月以前，還未認識你的時光。因為，我走不進你的心裡，走得太久，早已力盡。我到底做錯了什麼？還是……你從來就不在乎我？

你明明知道我中了你的毒，著了你的魔，卻還是這麼狠心，把我丟進狂風暴雨裡。

唉……深交後的陌生，認真後的痛苦。那些我們創造的回憶啊──你知道嗎？今天我是哭著離開的，從上車那刻起，一路哭著回家……

今天，我的心真的碎了，碎成一片片，如秋天的落葉，隨風飄散，怎麼也拼不回原來的模樣。每一片落葉，都承載著沉重的記憶，都刻著你的名字。我試著撿起，卻發現手已無力，只能眼睜睜看著它們消散在風中。

　　心碎，原來是這樣的——像一張被撕裂的紙，再也無法回到最初的模樣……

2024 / 12 / 09 (一) 😢

魚：畢兒，對不起，真的讓你傷心了……我可憐的畢兒，對不起。我知道，我不是個好男人。而你，始終是我心中的 top 1——無可取代，也無人能及。你那樣好，溫柔、堅強、聰慧，有著讓人無法忽視的光芒。

　　我常常在想：為什麼你對我這麼執著？我何德何能，竟值得你這樣付出？或許，這正是我最虧欠你的地方。願你歲月靜好，心靈沉澱，遇見一個真正疼惜你的好男人，與你相知相惜、相守不離。 10:03

我：你不用說抱歉，是我不夠好，不是你心中的女神，所以你無須自責。也許，我們之間的緣分，是上輩子留下的因果。也許，是我曾辜負了你，今生你出現在我面前，卻不愛我，讓我承受這樣的痛苦，作為前世虧欠你的代價。如果真是如此，那該説「對

不起」的人,是我。

曾有位智者說:「緣分該來的時候,是避不了的。」這份緣,無法逃離,不是關起門就能阻擋,也不是逃避就能不遇。所以,我願接受。

既然避不開,那我就勇敢面對。看看這份痛,要我承受多久、承受多深——我都無怨無悔。只要能償還前世所欠,補回我對你的愧疚,就算傷痕累累,我也願意。

誠摯地對你說:「對不起,魚兒,前世讓你受苦了。最後,關於我的選擇,請不要再勸我去尋找什麼男人。"Men are nothing for me. All I want is a soul mate, not cats and dogs. Let alone a companionship of compromise."」13:06

我:還有,請你別再那麼幼稚地封鎖我了,我不會再打擾你了!我雖然感性,但也是理性的人,是可以好好溝通的人!13:08

魚:我並沒有封鎖你!14:19

　　昨天在「武林高手」見到魚,魚重重地捏了捏我的肩膀——那算是打招呼嗎?

　　我就那樣站在原地,像個傻瓜,心裡的期待一下子破滅了。

我多希望他能走過來，哪怕只是輕聲說一句「嗨」……但他沒有。他的眼神，從未停留在我身上。下午 2:45，我再也忍不住，帶著滿心失落離開了現場。

晚上，我還是克制不住情緒，傳了長訊息給他──但他沒有讀。直到今天清晨，該起床的時間，螢幕依舊靜悄悄。

我好焦慮，像被困在一座沒有出口的迷宮中。早上 7:45，上班途中，我試著用 Line、手機聯繫他……依然沒有回應。

心底浮現一個可怕的念頭：他封鎖我了。

那一刻，我的心像被萬針扎刺，疼得我呼吸困難，滿腦子胡思亂想。最後我想起，有人說簡訊是無法封鎖的。於是我立刻發了一封簡訊：「你為什麼封鎖我？是你先不理我的啊！」

終於，在 10:03，他回我了！

那一瞬間，我狂風暴雨的心情竟安定了下來，就像風暴過後的海面，忽然平靜無波。

但……這是為什麼？為什麼我的情緒能因為他的一句回覆而劇烈震盪？

為什麼他對我這樣，我還是這麼在意他？為什麼我明知道他不疼我，卻還是放不下？誰能告訴我究竟該怎麼辦啊？

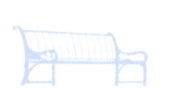

2024 / 12 / 12 (四) ☹

鄭姐的安慰

　　這陣子，鄭姐知道我心情低落，每天晚上都會主動聯繫我，用她溫暖的聲音安慰著我。她說：「不就是個薄情郎嗎？難過什麼呢？好好工作吧，工作才是我們活下去的動力！」

　　她的話猶如一盞明燈，在我生命的黑夜中指引方向。她還說：「落花有意，流水無情，不會有結果的啦！夫妻都能離婚了，你難道還放不下他？」

　　她希望我能早點醒悟，別越陷越深，否則只會更加痛苦。最後，她溫柔地跟我說，希望早日看到我開心、陽光、快樂的樣子！

緣分的捉弄

　　唉！其實，在遇見小魚之前，我根本沒有想過要交異性朋友，甚至一點興趣都沒有。但緣分總是如此捉弄人，讓我與小魚相遇、相識、相知，卻無法相惜。

　　這段緣分讓我遍體鱗傷，痛徹心扉，彷彿整顆心被撕裂成碎片，連呼吸都困難。我吃不好、睡不好，彷彿只剩半條命。

　　我現在只希望有種藥水，能讓我一飲而盡，忘記一切。或者，讓哆啦A夢的時光機帶我回到還沒認識小魚

的日子。

高人的指點

我和鄭姐在十月底曾前往深山,尋找一位高人指點迷津。那位高人說過:「緣分,來的時候是逃不掉的,就算不出門,它也會找上門來。」

他還轉述一位法師的話:「在茫茫人海中,若你第一眼見到這個人就喜歡,而且心甘情願讓他帶走你的心,那麼,他在前世一定曾深深愛過你⋯⋯」

心碎的等待

是的,我與小魚的相識正是如此──打從第一眼見到他起,我的心就已被帶走⋯⋯可是他總是冷淡,對我若即若離,不願更進一步,甚至連見一面都是奢侈的期待。

這種「進一步沒資格,退一步又捨不得」的關係,把我困在愛與痛的深淵中。夜裡,我總是流著眼淚入睡,數著破碎的心片,等待魚兒的轉身。我經常半夢半醒、心神恍惚,像個瘋子般難以入眠。

我一直在他的心門之外徘徊,找不到進入的鑰匙。從日出等到黃昏,從朝陽升起等到月亮掛天,只因他曾說過:「我愛你七、八分,有事會第一個讓你知道。」

但我真的好累、好累⋯⋯我走了那麼久,卻始終走

不進他的心裡。我覺得我快要沒力氣了……我快要斷氣了……

關於我的選擇

玫瑰錯過了花季,而我,錯過了小魚。他傷了我的心,而我,也深深傷了自己。

這段被認為是前世緣分的感情,我們辜負了那浪漫的相遇,只留下無盡的回憶。那些回憶像無形的利刃,一次次劃過我的心,鮮血淋漓,卻悄無聲息。

我們的愛,究竟是該「未完待續」,還是該劃下句點?每當我閉上眼,這個問題就像夢魘般糾纏著我,讓我無法呼吸、無法逃離。

也許是前世的因果,也許真的是我曾負了他,所以這輩子我們相遇,卻無法相愛,只為讓我償還欠他的情債。如果真是如此,那我願意坦然面對,不逃不避,無怨無悔。即使這痛如烈火灼燒靈魂,我也願承受,只為換來一絲解脫的可能。

雖然想起他的無情,淚水依然不自覺滑落,如斷了線的珍珠,一顆顆墜入無盡深淵。但他仍是我今生唯一的執著,像烙印般刻在心底,無法抹去,無法遺忘。

魚兒啊,別忘了你曾許下的承諾——即使這輩子的愛情已隨風而逝,但來生,我們會再相遇,會開花結果的,我相信。而這些承諾,就當是欠下的吧,等下輩子,

等下輩子我們重逢時，我們再一一完成⋯⋯

這份信念，是我在黑暗中唯一的曙光，是絕望中的唯一希望。

所以，就讓我們這樣吧！就讓我們這樣吧！勇敢去吧，追愛人！我，會帶著這份執著，繼續前行，直到緣分再續的那一天。

即使前路荊棘密布，即使未來遙不可及，我也絕不退縮。因為這是我對這份愛的初心與承諾，也是我對自己的救贖。

2024 / 12 / 13 (五) 😢

自從12月9日他最後一句話：「我並沒有封鎖你！」後，我們便如兩條平行線，再也沒有交集的可能。

我試著說服自己，他不過是鄭姐口中的「薄情郎」，而我，也終於鼓起勇氣告訴他：我不會再去打擾你了。

He only regards you as a game, but you play with him.（他只不過把你當成一場遊戲，你卻用生命陪他玩。）

這句話像一把鋒利的刀，一次次劃過我的心，提醒我該清醒了。

我堅持不聯絡他，不是因為不再想念，也不是不再愛他，而是因為我說了那句：「我不會再去打擾。」

然而，命運總愛開玩笑——今天，我們竟然再度相遇了！

　　今天是行事曆上既定的戶外教育日，我本該休假，遠離一切與他有關的事物。但我的魚兒啊……你不是說週五是最忙的時候嗎？為何偏偏在今天出現？這不是緣分，什麼才是緣分？

能不能讓我再為你跳最後一支舞？然後轉身，不再回頭？

　　下午四點，我離開時，氣溫低得刺骨，雨勢大得模糊視線，路上車陣塞得令人窒息，而我的心情，複雜得像一場無解的謎題。

　　我走進土地公廟，向佛祖及土地公稟報今天下午的事，佛祖和土地公給了我三個聖筊。

　　連續三聖筊啊！難道這是天意嗎？若真是天意，那為何魚兒總是對我忽冷忽熱？為何總讓我徘徊在希望與絕望之間？

　　晚上 18:21，我傳 Line 給魚兒：「我今天非常開心！我以為我們再也沒機會見面了，沒想到……當我看到你向我走來的那一刻，我以為自己眼花了，以為這只是夢的一角。直到你握住我的手，我感受到你掌心的溫度，

我才確信,這一切都是真實的。我的心跳得如此劇烈,彷彿要衝破胸膛——那一刻的悸動,誰能懂?誰能懂?誰能懂啊?

　　這時我終於明白了:『時間或許能沖淡許多事,但你在我心底,永遠清晰如初。Love 』」

我愛上這樣一個男人,
他說我是一個很好的女人。
我為他保留著一份天真,
像清晨的露珠,只為他一人閃耀。
我關上愛別人的門,
把鑰匙交到他手中,
從此,我的世界只有他。
也是這個我愛的男人,
把我變成了世上最笨的女人。
他說的每句話,
我都認真記下,像寫進日記裡的秘密,
一字一句,都當成永恆的誓言。
他的笑容,是我最珍貴的收藏;
他的聲音,是我最熟悉的旋律。
後來,他變得有些兇,有些霸道,
像暴風雨中的海浪,

一次次拍打我僅存的心防。
但我還是一如往常地愛他，
只因我們共振的靈魂，
像兩顆星星，在黑夜中彼此照亮──
即使沉默，也能聽見彼此的心跳。
其實，我要求的不多──
只要像從前一樣對我好，
像初見時那樣溫柔，
像擁抱時那樣溫暖，
像牽手時那樣堅定。
只要一個眼神，就能讓我安心；
只要一句話，就能讓我微笑。
其實我真的要求的不多──
只要像從前一樣好，
這樣就好。
這樣，我就願意繼續愛下去，
直到世界盡頭，直到時間停止。

2024 / 12 / 14 (六) 😖

　　早上 8:14，我傳訊息給魚兒，想和他說說話。
　　他接起電話，聲音懶懶的，像是從夢中飄出來的：「我還要多睡一會兒，昨晚太晚睡了。」

通話只持續了 1 分 32 秒，然後，他便又消失了。

我盯著手機螢幕，有些失落，也有些開心——至少，他還願意接我的電話。

有時候，愛的溫度，就藏在這樣微不足道的細節裡。即便只是一句懶洋洋的回應，也能讓我覺得安心。

2024 / 12 / 15 (日) ☹

早上，我傳了一張圖，加上一句詩：「花雖有情，日日殷盼仍凋零。」

直到下午，他才終於回覆，傳來某家餐廳 10 週年的廣告。我看完後，試圖拉近距離：「讚！要不要一起去吃？」

——又是已讀不回。

我不死心，繼續問：「今天沒去運動？」

他回：「沒。」

我問：「Why？」

他回：「冷。」

我笑了：「哈，就是冷才要運動啊。不然等等一起去吃火鍋，暖呼呼的喔！」

魚回：「沒空！今天女兒在⋯⋯」

我說：「原來如此。」

原來，在他的世界裡，我永遠只能排在他女兒之後。

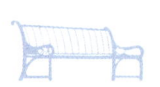

但沒關係，我願意等，因為我覺得他值得。

2024 / 12 / 16 ㈠ 😖

　　整天，我的手機靜得像被遺忘在角落的舊抹布，一點聲響也沒有，彷彿被世界遺忘。

　　直到晚上 21:42，他終於傳來一段關於滅蟑的影片。內容雖然無趣，我卻認為這是他願意跟我保持聯絡的「呈堂證供」──至少，他還記得我。

　　我也立刻回傳了巴黎聖母院重新開放的影片，想把這份難得的美好，與他分享。

　　愛情的維繫，有時就是藏在這些看似微不足道的互動裡。即使只是一段影片，也足以讓我感受到他的存在。

思念語錄

夏末初秋舞會魚，為魚傾倒心隨去。
未曾謀面情已濃，魚曰吾已黃昏年。
只留遺憾不談愛，秋滿谷來酒盈杯。
畢魚彼此上心頭，夕陽雖美不至朝。
願為魚兒月高掛，不圖顏值圖偏愛。
只因靈魂來共振，只因同頻的交流。
Love

2024 / 12 / 17(二) ☹

　　早上 9:44，魚傳來一張早安圖，上面寫著：「冷冷的天氣，暖暖的祝福，祝一切安好！」

　　我興沖沖地跟他說起自己的近況：「我前陣子感冒了，現在總算好了。只是辦公室裡好幾位同事又咳嗽、又流鼻水、打噴嚏的，超可怕！你感冒完全好了嗎？」

　　最後還特地叮囑他：「最近天氣真的很冷，感冒的人好多，記得多保重喔！」

　　我打了這麼一長串關心他的話，結果，他只簡單回了一個字：「嗯。」

　　「嗯？嗯什麼嗯啊？」

　　「不講清楚，我是要怎麼知道你到底『佇貢啥筱』！」

　　真的很想這樣嘴回去，但想想自己好歹也是個知識分子，是個有修養、有風度的人──我還是忍了。

　　愛情的路上，總是夾雜著無奈與忍耐。可我相信，這一切的包容與克制，都是希望這段關係能走得更遠、更久。

　　這些日子，我像一台等待訊號的收音機，時刻搜尋著來自他的回應。他的訊息有時冷淡，有時敷衍，卻總能牽動我的心情。或許這就是愛情的模樣──即使對方只給了一點點回應，我們也會傾盡全力去放大它，試圖

在縫隙中找到一個容身的位置。

但我也漸漸明白，愛，不該只是單方面的等待與妥協。或許有一天，我會學會放下這份執著，讓自己的日子，過得簡單一點、自在一點。

思念語錄

思念無涯如海深，
情絲萬縷若飛絮；
求佛成全或分離，
佛允三生三世聚。

Love

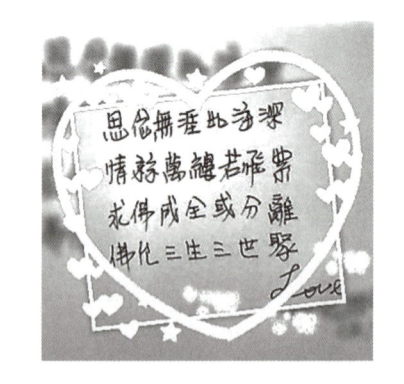

2024 / 12 / 20 (五) ☺

早上 8:44，在神隱了兩天後，魚終於傳來一張早安圖。我開心地立刻回了兩張貼圖，心想也許今天可以和他聊上幾句。但電話撥過去沒人接，他只簡單回了一句：「在開會。」還貼了一張所在位置的 Google 地圖。

中午 12:22 我問他：「開完會了？」他只淡淡回了句：「還在大園。」

雖然口氣依舊冷冷的，但我還是繼續傳訊。

到了晚上，他傳來一張冬至湯圓的貼圖，我們接著聊了 41 分 07 秒的電話。

這通電話裡，我聽見他女兒清亮的聲音透過擴音傳來：「阿姨好！」她連喊了兩聲。喊得我的心暖暖的，彷彿我們之間的距離拉近了一些。

我們天南地北地聊天，甚至聊到了「清海無上師」，他也問起我家族什麼時候聚餐，甚至關心我女兒怎麼沒回家陪我等等。這些看似普通的對話，卻讓我覺得特別開心。

鄭姐聽完後也說：「有進步了喔，他願意讓他女兒叫你一聲阿姨，這是好現象。」

我笑了笑，心裡默默想著──是啊，這或許只是小小的進步，但對我而言，卻是無比珍貴的一刻。

2024 / 12 / 21 (六) 😖

早上 9:09，魚傳來一份祝福，寫著：「祝福您冬至快樂！3天後平安夜平平安安！4天後聖誕節快快樂樂！11天後元旦快樂！38天後除夕夜快樂！39天後農曆新年快樂！53天後元宵節快樂！55天後情人節快樂！我就不信有人比我更早祝福你！」

看起來像是網路上轉來轉去的罐頭訊息。但還是能感受到他的一絲用心，感覺他正試圖用這種方式，悄悄拉近我們之間的距離。

下午，我一個人去運動。其實，心底藏著一個小小

的期待——希望能巧遇魚兒。我不斷張望尋找他的身影，卻始終沒有發現。直到 13:45，我終於在人群中看見了他！

然而，他卻連正眼都沒有看我一眼，就像我只是空氣。但我知道，他其實知道我在。

那一刻，我的心跳開始失控，每一次呼吸都變得異常沉重。我試圖讓自己冷靜下來，卻發現早已被某種無形的力量牽引，無法自拔。

14:15，我們的目光終於在空中交會。那一瞬間，彷彿時間靜止了，周圍的一切都模糊了，整個世界彷彿只剩下他與我。但今天的他，和以往有些不同。他眼神飄忽、神情凝重，好像藏著心事。

我們沒有多說話，只是隨著音樂節奏默默舞動著。他的手握得比平時更緊，緊得讓我感到一絲疼痛，卻也讓我甘之如飴。

他的指尖輕擦過我的腰際、頸側、鎖骨……這些看似不經意卻又明顯有意的觸碰，像電流般竄過我的全身，讓我心跳漏拍，身體每一寸都在顫抖，神經都在吶喊。彷彿他的每一個觸碰，都深深地烙印在我心底，難以抹去。我無法抗拒，也不想抗拒，只能任憑這份情感將我吞沒。

然而，他卻淡淡地說：「早上的排練讓我很累，明天要表演，壓力有點大。」

我望著他的眼睛，試圖從中讀出些什麼，卻只看見一種我從未見過的複雜情緒。那是一種深深的無助，彷彿他正默默承受著無法言說的重擔。

　　我好想追問，好想陪他一起承擔，卻又怕碰觸到他心裡的傷口，只能把所有關心與疑惑壓在心底，靜靜地陪伴著。

　　運動結束後，他約我去星巴克吃點心，順便把日曆拿給我。離開時，他忽然一把將我擁入懷裡，那是一個很大、很緊的擁抱，讓我瞬間愣住。

　　這不是一般的擁抱，而是充滿情感的擁抱。彷彿他想透過這個擁抱告訴我什麼，卻又說不出口。我的心跳再次失控，整個世界彷彿在旋轉。我努力想讓自己冷靜，卻早已沉浸在他的氣息中，思緒無法自拔。

　　他的氣息，就像烙印一樣留在我身上，久久無法散去。回想起這段日子以來，我們之間的點點滴滴——那些甜蜜的、苦澀的、心碎的、落淚的回憶，全都在此刻湧上心頭。

　　今天，他的每一個動作、每一句話，都透露出一種隱藏的情感。或許他真的有話想說，卻不知道如何開口。而我，願意等待——等待他卸下心防，對我敞開心扉的那一刻。

　　他今天的沉默、眼神與擁抱，都讓我感受到一種無

法言喻的深情。或許,愛情的真諦,就藏在這些看似平凡卻刻骨銘心的瞬間裡。

因為愛他,我願意承受這份等待的孤獨與不安,只為換來他真心的一笑與願意分享的那一天。

2024 / 12 / 22 (日) ☺

早上 8:44,我輕輕傳了一張早安圖給魚兒,附上一首詩詞,願能為他開啟美好的一天:「一株其艷絕凡塵,翹首迎風翠袖伸。未悉秋殘冬已至,癡心仍等惜花人。」

這首詩就是我心底的寄語,期盼他能明白我那一份無聲的思念與深情。

今天,魚兒有重要的表演,我的心也隨著他一同跳動,彷彿能感受到他站在舞台上時的每一分緊張與期待。

我在心裡為他加油,送上最真摯的祝福:「願你舞台風光無限,台下掌聲如潮。所有的努力,都將化作璀璨的光芒。」

這些話語,承載著我對他的支持與信任,願他能在舞台上綻放出最耀眼的光芒。最後,我輕聲提醒:「別忘了與我分享你的喜悅與感動。」

不論是舞台上的瞬間,還是幕後的點滴,我都希望能聽他娓娓道來。因為他的每一次成功與感動,都值得被珍藏,而我,也願成為他最忠實的聆聽者與分享者。

2024 / 12 / 23 (一) 😖

　　整個上午，我就像處在「待機模式」，目光總是不自覺地飄向手機，期待著魚兒傳來一點訊息。然而，時間一分一秒過去，螢幕卻始終停留在「無新訊息」的狀態。

　　下午 13:41——魚兒終於傳來了一張照片，是昨晚歲末聯歡會的表演者合照！

　　「Whatever！」只要他有回覆就夠了，呵呵！

　　看著照片中的他，竟讓我的心跳不由自主地加快。我的指尖立刻飛快地在鍵盤上跳躍，忍不住讚嘆道：「你好帥喔！」

　　希望這句話，能讓他感受到我滿滿的欣賞與喜悅。我也順道分享了昨日在葉老師家的影片與貼文，想跟魚兒一同回味那段歡樂的時光。

　　影片中的笑聲與熱鬧，顯示訊息「已讀」，卻遲遲沒有回應。我的心情，從滿懷期待轉為靜靜等待，悄悄地，在心裡問著自己……

　　今天的魚兒，是真的很忙嗎？還是……他其實不想回我？亦或許，我只能靜待他下次的出現？

2024 / 12 / 24 (二) 😄

　　早上 7:42，魚兒傳來一張早安圖，還貼心附上一段

21 秒的聖誕影片。

　　這段影片實在太可愛了，萌感十足：有小精靈、小貓、小鳥、梅花鹿、還有貓頭鷹⋯⋯每一幕都洋溢著溫馨與和諧，彷彿一個充滿愛的童話世界。

　　看著這些小動物們彼此依偎、互相陪伴，我的心也跟著暖了起來。

　　晚上，我們通了 13 分 25 秒的電話。我特地預告：「明天會有驚喜喔！」但又忍不住笑著補充：「也可能是驚嚇啦！」

　　畢竟，我擔心會嚇到他，索性提前打個預防針。沒想到聊著聊著，話題轉到「龜山茶專路的廠房」，我還一臉認真地問他詳情，結果——他完全不知道我在說什麼。原來，那根本不是他的廠房！

　　搞了半天，竟是一場烏龍，雖然小尷尬，但也算是意外解開了一個心中小謎團。我們正聊得開心，他突然掛掉電話，原來他是要去接女兒，我雖然心裡浮現了一絲疑問與落寞，但也只能接受，生活就是這樣，充滿著無法預期的小插曲。

　　不過說真的，最近的魚兒真的有進步，而且是大進步！他開始主動傳照片給我，甚至還分享了他公司的資訊，這讓我感到又驚又喜，心裡暖暖的。

　　我們之間，好像真的拉近了不少距離。魚兒願意這

樣敞開心扉，是否意味著他對我更信任了呢？

　　無論如何，這些小小的改變都讓我對未來充滿希望與期待。我真心希望，我們能持續這樣互動，一步步朝更深的了解與信任邁進。

2024 / 12 / 25 ㊂ ☺

　　早上 8:36，魚兒一如往常地傳來一張早安圖，在這個特別的早晨，增添了一絲溫暖與儀式感。

　　看著那張溫馨的圖片，我的心情也不禁亮了起來，就像陽光灑進窗台，靜靜地提醒我：今天，是個值得微笑的日子。

　　我也用心製作了一張竹林背景圖，搭配了一段抒發心情的文字：「小時候覺得 5 塊錢很貴、10 點很晚、一生很長，生活卻很甜；長大後才發現，100 塊錢不夠花、12 點也不算晚、一生很短，卻異常苦澀。」

　　這幾句話，是對童年的緬懷，也是對成長的體悟，我希望透過它，讓魚兒感受到我的情感流動與內心深處的柔軟。

　　為了慶祝這個特別的日子，我還特地剪輯了一段聖誕快樂影片，配上溫馨的音樂與滿滿的祝福，希望這份用心的禮物，能穿越螢幕，直達他的心中。

　　每一幀畫面、每一段旋律，都承載著我滿滿的心意，

只願他能在今天感受到幸福與被愛的溫度。

晚上，我們通了 11 分 52 秒的電話。雖然不算久，但短短的對話裡，卻有著說不盡的輕鬆與愉悅。我們聊著生活中的點點滴滴，從工作瑣事到日常趣聞，話題輕鬆而自在。

聽著魚兒的聲音，我的心情也隨之飛揚，像飄落的雪花，在寒冷的夜裡，被一陣柔風輕輕托起。他的語氣溫和、話語柔軟，就像一股細緻的暖流，緩緩流進我的心底，讓這個冬夜變得格外溫暖。

這個聖誕節，因為魚兒的陪伴，而變得格外有意義。從清晨的早安，到夜裡的通話，每一個片段、每一個互動，都讓我感受到他真誠的關心與體貼。

我心中默默許願：希望未來的每一天，我們都能像今天一樣，保持這樣的節奏與默契，攜手創造更多溫柔的回憶。

2024 / 12 / 26 (四) 😢

早上 10:24，我傳了一張自製的早安圖給魚，搭配了一句溫柔的話語：「感謝緣分讓我遇見你。」

這短短的九個字，承載著我滿滿的感激與珍惜，也許他看了不會特別在意，但對我來說，這是一種輕柔的告白──我希望，這句話能為他的一天，帶來一絲溫暖

與力量。

然而，一整天的沉默，像一片厚重的雲，悄悄罩住我的心。訊息沒有回覆，像是被遺忘的承諾，隨著時間推移，心裡的不安與失落也逐漸蔓延開來。

直到晚上七點，我終於鼓起勇氣撥了通電話，只想打破這令人窒息的靜默，問問他是否安好。電話沒有接通，只傳來一句簡短的訊息：「在開車。」

曾幾何時，即便他正在開車，也願意接起我的電話，那時候的他，總是讓我感受到被在乎的分寸。可如今，這樣的回應卻顯得格外遙遠、格外冷淡。

我試探性地問：「今天很忙嗎？」然而，卻只得到他淡淡的一個「嗯」。那語氣冷得像冬日的寒風，輕輕一吹，卻刺入心底。

我們之間的距離，似乎就在那一刻，被悄悄拉開了。白天再怎麼忙碌，我心裡仍不時想起魚的模樣，期待著他的訊息、他的回應。但他的世界裡，卻只剩下一個冷冷的「已讀」──然後是久久不回的沉默。

昨天，我們還通著電話，談天說笑，那份熱情彷彿還在耳邊迴盪；今天，卻像被時光沖淡，變得模糊又遙遠。我不知道發生了什麼，但那份溫柔的默契，好像在一夜之間碎裂，只剩下一抹無聲的苦澀，在心中緩緩蔓延，久久難以散去。

2024 / 12 / 27 ㈤ ☹

　　早上 9:35，魚的一張早安圖為這寒冷的清晨添上一抹暖意。看著那張溫馨的圖片，我的心也像被陽光曬過，泛起柔柔的暖流。

　　10:24，我回了日安，撒嬌似地告訴他：「我今天有六節課，很累！」

　　我期待他能對我說聲「辛苦了」，或是回一個輕柔的貼圖，陪我撐過這疲憊的一天。但訊息就這樣沉入了深海，沒有回音。這份沉默，像一堵透明的牆，不見形狀，卻足以將我的渴望與他隔絕開來。

　　我的疲憊彷彿成了無聲的空氣，無人知曉。一股無形的落寞悄然爬上心頭，讓我覺得好孤單。

　　直到晚上 22:22，他忽然傳來一首「哈利路亞」的情歌短片。畫面唯美、歌聲動人，像夜裡的一道微光，瞬間打動我的心。我忍不住立刻回：「景美，歌動聽！」

　　心裡盼著，他能多說幾句。然而，他只回了句：「舒服嗎？晚安囉！」

　　那句「晚安」像一場驟雨，打溼了原本閃閃發亮的喜悅。原以為是心靈的共鳴，卻像是一場錯覺──這份美好，只是短暫的幻影，一閃而過，留下淡淡的遺憾。

　　我鼓起勇氣問他：「可以說說話嗎？」哪怕只是幾分鐘，我只想聽聽他的聲音，就像以前那樣，分享彼此

的一天。

沒想到，他的一句「不行！別打擾我睡覺！」像一盆冷水當頭潑下，我的期待、我的柔情，全被澆熄在當下。心頭一陣酸楚湧上來，我忍不住抱怨道：「哼！你很壞耶！」還貼上兔兔咬熊大的貼圖，咬著牙又帶著笑，說：「讓我咬一口！」

多希望他能讀懂這份任性背後的委屈與渴望，哪怕只是一句回應也好。但……還是沒有。就像這幾天一樣，溫柔總是單向流動，而我伸出的手，總是落在空中，無人握住。

我渴望著更多的交流與關心，可換來的，總是一層又一層的冷淡。或許，這就是愛情的無奈與現實──當熱情得不到回應，期待就漸漸變成一種疼痛。

但我仍願意相信，有一天，我們可以回到那段溫暖的時光，重新拾起曾經的默契與深情，讓愛，不再只是我一個人的獨角戲。

2024 / 12 / 28 (六) 😣

早上 9:56，魚傳來一張早安圖。但我看著那張圖片，心裡卻升不起一絲暖意。因為昨晚他那句冰冷的「不行！別打擾我睡覺！」像根細長的刺，靜靜地扎進心裡，疼得不明顯，卻揮之不去。

所以今天，我沒有回「早安」，也沒有送上「假日愉快」的祝福。只是沉默著，把所有情緒藏進心裡，靜靜觀望。直到下午，我才緩緩傳出一張自製的圖片，作為我今日唯一的回應。

　　那是從他昨晚分享的影片中擷取的畫面——絢爛煙火裡交織出的雙心圖案，我在上頭寫下：「緣分禁不起敷衍，感情禁不起冷漠。」

　　短短的兩行字，是我的提醒，也是一種溫柔的抗議。我不想用責備傷人，卻也不願再壓抑自己。就像煙火般燦爛的感情，若缺少用心維繫，再怎麼華麗也終將歸於沉寂、化為灰燼。

　　我知道，這樣的回應或許顯得冷淡，但有些話，不說出口只會讓委屈發酵、讓心越加沉重。我選擇用這張圖，讓他知道我的感受，也讓自己明白：愛不是一味忍耐，而是學會在柔軟中保有清醒。

　　或許他不會立刻懂，或許他根本無感，但這一次，我想為自己留一點尊嚴。在愛裡，不再迷失，也不再單方面地燃燒自己。

2024 / 12 / 29 (日) 😐

　　早上 10:13，他如往常般傳來了一張早安圖，而我則回覆了一張自製圖片，上面寫著一段話——生命的啟

示:「想做的事,別讓遺憾成為結局;想說的話,別讓沉默成為阻礙;想愛的人,別讓猶豫成為錯過。人生難得,何必在糾結中虛度光陰?花兒凋謝,來年尚可再綻;但人生只有一次,錯過了便不再重來。一句『再見』,或許就是永別;一個轉身,可能便是天涯。所以,趁現在,勇敢去追、去說、去愛,因為人生沒有彩排,每一刻都是現場直播。」

這段話,是我對生命的感悟,更是我想對自己,也對他說的一種提醒。

人生如花,盛放時絢爛奪目,凋謝後卻再也沒有重來的機會。每一次的猶豫,都可能成為永遠的遺憾;每一次的沉默,也許正錯過一段本可燦爛的故事。

我希望藉由這些字句,喚醒他對生命與感情的熱情。不要被「不確定」困住腳步,也不要讓「想太多」拖慢心的方向。因為愛,需要勇氣;而人生,更需要果斷。

願我們都能在有限的時光裡,勇敢前行、無悔所愛、不留遺憾,也不讓珍貴的人從指縫間悄然流走。

2024 / 12 / 30 (一) 😟

早上 9:40,他照例傳來了一張早安圖,但我沒有回覆。不是因為忙得分身乏術,而是心累了,真的累了。這樣的互動,已經變得空洞而無味,像是一種機械式的

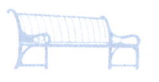

例行公事，沒有溫度，也沒有情感的交流，只剩形式，令人感到疲憊與無奈。

儘管如此，下午我還是傳了一張照片給他，試圖打破這樣的沉寂，重新找回曾經的連結。過了一個小時，他終於回了一句：「海角七號。」

我忍不住笑出來，卻也帶著一絲無言：「天差地遠，再給你一次機會！」

沒想到他這次竟然猜說：「海角八號！」當下真想翻他一百個白眼——這是在搞笑還是敷衍？自以為幽默，其實讓人無語。

雖然心裡有些不悅，但我還是壓下情緒，耐心地給他提示：「我在極東。」並附上卯澳漁港的照片。

「貢寮！」這回他終於答對了。我都已經 open book 了，如果還能猜錯，那也太扯了。

16:05，他突然問：「你寄的禮物到哪兒了？龜山嗎？」

我跟他說，早上已致電該公司，對方說禮物已經退回，今天應該會收到。晚上回到家後，又傳訊息告訴他：「我到家了，也收到該公司回寄的郵件。」

還特地拍下信封上的圖案給他看，問他：「你制服上是不是有這個圖案？」

然後——又是已讀不回。這樣的沉默，像一堵厚牆，

把我心裡的熱情與期待都擋了回去。

所有的努力，像是石沉大海，激不起一絲漣漪。那種無力感，一點一滴積在心底，令人難以釋懷。

2024 / 12 / 31 (二) ☺

2 分鐘決定見面的時間與地點

早上 9:48，他傳來一張可愛的圖片，還附上幾句「寓意深遠」的文字：「這一年謝謝你的陪伴，明年，讓我們繼續開心下去。」

開心下去？Are you sure？我請你有空時回電，但你都已讀不回，這樣要怎麼開心下去？

他只回了一個笑臉貼圖。我立刻撥了電話過去，通了 2 分 07 秒後，我們就敲定今晚桃園見！

其實，只要他願意，兩分鐘就能決定見面的時間與地點！

出發

下午 16:35，傳 Line 給魚：「我現在出發，要去哪裡找你？還是要約龜山星巴克？」接著傳來 Google 定位，地點是桃園○○街⋯⋯也罷，桃園就桃園吧！雖然知道這一趟註定路途遙遠，但為了追愛，還是得走下去！畢竟是 2024 的最後一天，路上滿滿車潮──趕放假的、趕跨年的、趕約會的⋯⋯

我也傳了 Google Maps 給他，顯示需要 1 小時 03 分鐘。但到了 17:38，我還沒進市區，仍然塞在路上。他終於良心發現，Line 我說：「慢慢開車……抱歉！我應該跟你約明天才對，明天放假，現在下班時間車比較多……」

我傳了定位給他，並回覆道：「沒關係啦，我到了喔！我在這裡。」

本想下車等他，但實在太冷，只好又回到車上。沒想到突然「硪嚨」一聲，魚鑽進車裡，嚇了我一跳！

忐忑不安

從板橋到桃園，一路風塵僕僕，心情也七上八下。我一直在想，見面後他會不會拿了禮物就說：「好了，你可以回去了，等等我還要……」我慢慢開著車，腦中卻飛快演練著各種可能。

意外的驚喜

幸好，結果不是我想的那樣！他讓我把車停好，再一起去吃個飯。在他的引導下，車子順利滑入一家火鍋店的停車場。店外人潮洶湧，排隊隊伍蜿蜒如龍，但魚兒毫不猶豫地走向櫃檯拿了號碼牌。

回來時，他的眼神帶著一絲溫柔，彷彿在說：「別擔心，有我在。」

我們坐在店外的椅子上等候入場，寒風刺骨，但與他並肩而坐，聽他低沉的嗓音，感受他偶爾輕觸我手的溫度，心裡的暖意早已驅散所有冷意。

出書的契機

就在我們聊天時，我的手機響起，是出版社打來的電話。

魚好奇地問：「你真的要出書？」

我點頭笑說：「是啊，想把我們的故事記錄下來，這是一個非常特別的故事呢！」

他聽後，嘴角微微上揚，伸手撥弄我的髮梢，指尖若有似無地滑過耳際，接著輕拉我的衣領，動作柔得像在呵護一件珍寶。

然後他低下頭，逗弄我的長靴，低聲說：「怕你冷。」他的氣息近在咫尺，讓我心跳漏了一拍。

火鍋的溫暖

終於輪到我們入座，我們先去洗手，水流沖刷著雙手，卻沖不散我心中那份小鹿亂撞的悸動。

拿醬料時，魚貼心地幫我盛了一碗紅豆湯，並附上湯匙，接著說：「醬料你自己拿，因為我不知道你的酸甜苦辣……」

這句話真妙，讓我會心一笑，也更深刻地感受到他

的細膩與體貼。

廊道下的親密

　　吃完火鍋後，我自然地挽住他的胳膊，與他漫步在廊道下。昏黃的燈光將我們的影子拉長、交疊，彷彿預示著我們的糾纏與依戀。

　　夜風雖寒，卻吹不散我們之間的熱度，每一步都像踩在心跳節奏上，默契而溫暖。他停下腳步，伸手想幫我扣上大衣扣子。我撒嬌地搖頭，語氣輕挑：「不要啦，扣上會很土欸。」

　　他卻低聲回應，溫柔而堅定：「乖喔，不扣會感冒的。」

　　我抬頭望著他，眼神帶著狡黠與依賴，低語：「跟你在一起，一點都不冷。」

　　說完，我將他的胳膊挽得更緊，頭埋進他的胸膛，感受他手臂傳來的溫度與力量，彷彿要將這份安全感永遠刻進心底。

　　他低頭看我，眼神深邃得像能把我吞噬，輕聲說：「你一定要把此時此景寫進書裡！」

　　我點頭，語氣堅定又溫柔：「嗯，一定。」

　　這句話，像是我們之間的秘密約定，要將這一刻的甜蜜與依戀，永遠封存在記憶深處。

走著走著，就到了停車場。他上車後，略帶歉意地說：「很抱歉，今晚不能陪你跨年，等等巡守隊要值勤……」

不管是真是假，我選擇相信他。雖然心中滿是不捨，我仍將他送到巷口。車內安靜而溫暖，我們互相擁抱，他的懷抱緊實有力，彷彿要將這一刻的溫度永遠留住。我閉上眼，感受他的心跳，貪戀著這份短暫的溫暖，直到他鬆開手，下車離開。

我目送他的背影，直到他消失在夜色中，才緩緩北返。夜風依舊寒冷，但心中的暖卻久久未散。這一夜的甜蜜與不捨，將成為我心底最深刻的回憶，伴我走向下一次的相聚。

禮輕情意重

22:14，他傳來我送他的 Parker 派克筆的照片。

我回：「YES！喜歡嗎？禮輕情意重，希望你不嫌棄。Parker 是一個形象不錯的品牌，希望能給你的事業帶來好運氣！」

火鍋後記

回到家後，我忍不住給他打了一段話，向他傾訴：

「今天是 2024 的最後一天，能和你一起吃火鍋，讓這一天變得特別有意義。火鍋的熱氣氤氳，彷彿也帶

來了溫暖和滿足的幸福感。謝謝你的用心與陪伴，讓我覺得今年有了一個圓滿的結束。

　　魚兒，謝謝你今天請我吃火鍋，也謝謝你這段時間的陪伴。你總是那麼貼心，總能讓我在不知不覺中被你的小細節感動。和你在一起的時候，我會忘掉生活中的煩惱，只覺得自己被你包圍在溫暖的世界裡。

　　新的一年快到了，我默默許了一個願望，願我們的感情像今天這熱氣騰騰的火鍋一樣，越煮越有滋味，越來越溫暖。我不知道未來會如何，但我知道，有你的日子，都是值得期待的。

　　2025年，願我們攜手走過每一天，把快樂和幸福留在彼此的心裡。謝謝你，魚，讓我在這一年結束時，心裡滿滿的都是美好的回憶和期待。」

2025 / 1～2 月份

君問歸期未有期，
巴山夜雨漲秋池

Those Days in January & February 2025

2025 / 01 / 01 (三) 😫

　　凌晨 00:03，新年的鐘聲剛敲響，屋外仍然是此起彼落的煙火聲，劈哩啪啦的歡樂聲充滿整個夜空。我站在窗邊，望著絢爛綻放的煙火，心裡卻只想著他。

　　我隨即傳了一則「新年願望」給魚：

　　「我目光短淺，眼裡只有你。2025 年我有兩個願望：

你在我身邊

我在你身邊

可以嗎？

新年快樂」

　　按下傳送鍵的那一刻，我的心跳加快，滿懷期待地等著他的回應。不久，他傳來一張圖片，圖上寫著「2025 幸福啟航」，像是用幽默的方式回應我的祝福。看著那張圖，我不禁笑了出來，心裡滿是甜蜜。就這樣，我帶著這份甜蜜入睡。

　　早上 7:54，魚傳來他參加升旗典禮的照片，看到畫面中隨風飄揚的國旗，我感到十分感動，也覺得魚真的好熱血！我敬佩他那股充滿朝氣的樣子，忍不住在心裡為他鼓掌。

　　7:55，我回傳了一張自己做的賀年卡，並關心地問：「昨晚那麼晚才睡，今天一早又出門，還好嗎？」

　　他簡單地回了句：「還好呀！一大早 6:00 就出門了。」

雖然只是短短幾個字，我卻知道他一向如此，話不多，卻總讓人安心。

下午，我又傳訊問他：「你下午去唱歌嗎？你沒出現在『武林高手』，我獨舞，感覺有點寂寞！」

傳完訊息，我盯著手機螢幕，心中有些忐忑。獨舞的感覺確實有點孤單，但更多的是期待──期待他能出現在我的世界裡，讓我的生活更加完整。

2025 / 01 / 02 (四) ☺

上午 10:27，我坐在窗邊，陽光透過玻璃灑進辦公室，暖洋洋的光線讓人心情不由自主地愉悅起來。

我拿起手機，打開 Line，傳了一張自製的早安圖給魚。圖中，是落羽松倒映在碧綠湖面上的畫面，微風輕拂，水面泛起細緻的漣漪，光與影交錯其中，彷彿一幅靜謐的山水畫。我附上文字：「落羽松映照水中，碧波微漾影朦朧。玉簪花下生幽靜，瑜光盈盈慶秋風。」

按下傳送鍵的那一刻，我心裡滿是期待，想像他看到這幅畫時，臉上會露出什麼樣的表情。

10:29，他回了一張「蠟筆小新喝熱咖啡」的圖，小新一臉滿足地坐著，逗趣的模樣讓人忍俊不禁。我看著那張圖，嘴角不自覺上揚，心裡湧起一股暖意。

我接著問他：「你今天還好嗎？」

他回：「好呀，繼續呼吸著⋯⋯」

這句話讓我忍不住笑出聲來。他的幽默總能輕易打動我，像一縷灑落室內的陽光，就如他傳來的圖一般，明亮又溫暖，照亮了我平凡卻幸福的一天。

2025 / 01 / 03 (五) 😔

整個早上，手機靜悄悄的，沒有他的消息。我盯著螢幕，心裡泛起些許失落，卻又不想主動打擾他。

中午用餐時，我坐在餐桌前，看著眼前簡單的飯菜：翠綠的青菜、嫩滑的豆腐、還有一碗清淡的湯。我拿起手機，傳了一段話給他：「今日午餐，有青菜，有豆腐，有蛋，就是沒有『你想我呀（鴨）』。」

按下傳送鍵後，我忍著笑意，懷著一絲期待──希望他能懂這句話背後的小小思念。

12:10，他傳來一張照片，是一碗熱騰騰的滷肉飯，滷汁濃郁地覆蓋在白飯上，香氣彷彿穿越螢幕撲鼻而來。他附上文字：「吃了一碗滷肉飯。」

看著那張圖，我心裡湧上一股暖意，卻也摻雜著一點遺憾，我不禁問他：「什麼時候可以跟你一起吃滷肉飯？」

14:15，他簡單回了一個「OK」。這個回應讓我心跳微微加速，卻又充滿了不確定。

16:44，我終於忍不住追問：「When？Today？」

然而訊息又一次陷入「已讀不回」。我盯著手機螢幕，心中五味雜陳，既期待、又忐忑，時間一分一秒流逝，思緒也飄得越來越遠。我腦海中浮現與他共進晚餐的畫面，卻也明白，那或許只是我一廂情願的想像。

窗外的天色漸漸暗了下來，街道上的燈一盞盞亮起，映照著城市的喧囂，也映出內心的孤寂。我握著手機，指尖輕輕劃過螢幕，試圖從那冰冷的玻璃中感受到一絲溫度。

他的沉默，像是一道無形的牆，將我隔絕在他的世界之外。我深吸一口氣，把手機放在桌上，轉身走向窗邊。

夜風輕拂，帶來一絲寒意，卻也讓我更加清醒。也許，等待本身就是一種考驗。而他的回應，無論什麼時候到來，都會成為這一天最特別的註腳。

我笑了笑，輕聲對自己說：「沒關係，明天又是新的一天。」

2025 / 01 / 04 ㈥ ☺

早上 7:48，我撥了通 Line 電話給魚兒，聽著鈴聲在耳邊一聲聲迴盪，心裡滿是期待。然而，電話那頭始終沒有回應，只有冰冷的嘟嘟聲。

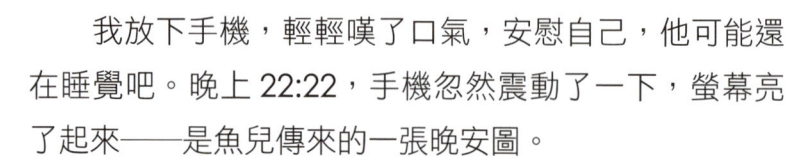

我放下手機，輕輕嘆了口氣，安慰自己，他可能還在睡覺吧。晚上 22:22，手機忽然震動了一下，螢幕亮了起來——是魚兒傳來的一張晚安圖。

我看著那張圖片，心頭不禁湧上一股暖意，也挑了一張可愛的圖回傳給他，當作今天的收尾。

那時我正坐在琴的美髮店裡，頭髮被染燙的藥水包裹著，空氣中飄著淡淡的化學氣味。我和琴一邊聊天、一邊打發時間，話題又不意外地繞到了魚兒身上。

琴突然神秘地湊過來，小聲說：「他今天喝酒了喔。」

我愣了一下，有些懷疑地望著她：「真的假的？」

琴點點頭，眼神篤定：「不信你問他。」

22:29，我忍不住傳了訊息給他：「你醉了喔？」

他有些詫異地問我：「你怎麼知道？」

看到這行字，我忍不住笑出聲來，我得意地回他：「心有靈犀一點通，哈！」

我放下手機，望著鏡子裡的自己，頭髮正在慢慢定型，而我的思緒，卻已飛向了遠方。他的回應像是一顆溫柔的石子，投入我心湖裡，泛起細細的漣漪。彷彿在我們之間，有一條看不見的線，悄悄地將彼此繫在一起。

夜裡的美髮店燈光柔和，琴的剪刀聲沙沙作響，而我的心，卻因為這一點點的互動，變得溫暖而甜蜜。

2025 / 01 / 05 ㊐ ☾

　　早上 9:53,手機螢幕亮了,是魚兒傳來的一張早安圖。

　　我看著那張圖片,心裡泛起一絲甜蜜,彷彿他的問候透過螢幕,緩緩傳進了我心裡。

　　10:47,他分享了〈城裡的月光〉。我點開音樂,旋律像涓涓細流滑過心頭,歌詞中的每一句,都像是他無聲的回應──「愛把有情人分兩端,心若知道靈犀的方向,哪怕不能夠相伴……城裡的月光,把夢照亮,請溫暖他的心房……」

　　是昨晚那句「心有靈犀一點通」觸動了他嗎?我不禁這麼猜想,心裡湧起一股說不出的感動與期待。

　　接著,我們開始了長達 56 分鐘的通話。雖然聊的都是些生活瑣事──他身為鄰長,在里長與里民之間周旋的無奈、巡守隊裡發生的趣事,還有昨晚唱歌喝酒的趣聞等等,但我聽得津津有味。

　　他的抱怨,我當作日常的分享;他的聲音,在我耳裡像是一種陪伴的旋律。能夠成為他的傾聽者,承接他的這些情緒,對我來說,是一種默契的進展。我想,我是真的愛上魚兒了。

　　晚上 9:25,我傳給他一段影片,片名叫〈老了之後,我可以繼續當你一起吃飯的那個好朋友嗎?〉,這是一

部溫馨又感人的微電影，看完之後，心裡酸酸的，卻也充滿了暖意。

然而，他依舊只是「已讀不回」。我盯著手機螢幕，心裡有些失落，卻又安慰自己：「沒關係，至少他看了。」

夜深了，我躺在床上，腦海中反覆回放著今天的片段。他的早安圖、他分享的歌曲、他的聲音，還有那一則靜靜躺著的已讀。或許，愛就是這樣吧——既有甜蜜的互動，也有無聲的等待。

我閉上眼睛，心裡默默祈禱：「希望有一天，我們能像影片那樣，一起吃飯，一起變老。」

2025 / 01 / 06 (一) 😩

無聲的早晨

今天，我們僅僅互傳了一張早安圖，沒有一句多餘的對話。看著手機螢幕上那張熟悉的圖片，心裡湧起一陣淡淡的失落。明明只是少了幾句問候，卻彷彿整個世界都變得空蕩而寂寥。

前世的牽絆

偶然間，我讀到一句話：「這一世所有的相遇，都是為上一世的重逢；愛了，是續寫前世的故事；恨了，是了卻前塵的仇恨。」

我反覆咀嚼這段話，心中泛起陣陣漣漪。如果真是

如此,那麼我與魚兒的相遇,是否真的也是一段前世未完的緣分?可為什麼,我對他只有愛,卻無法恨?理智不斷提醒我:對他而言,我或許微不足道。可心,卻怎麼也無法接受這殘酷的可能。

失控的情緒

我試著忘記他,想把他的影子從腦海中抹去。可越是努力遺忘,他的模樣卻越清晰如初。心彷彿不再屬於我,執拗地愛著他,任憑情感奔馳,無法剎車。

每當夜深人靜,思念如潮水般湧來,我只能在黑暗中,將酒一杯杯灌下,試圖用酒精麻醉這份難以承受的情感。然而,眼淚卻無聲滑落,像是在嘲笑我的無能為力。它們滴進酒杯裡,卻再也澆不出那朵愛情的玫瑰。

冰冷的心牆

我一次次試圖靠近他,渴望穿越他那道冰冷而堅固的心牆,但換來的,總是徒勞與沉默。

感情像無韁的野馬,奔馳之後,只剩遍地煎熬。我多麼希望,他能感受到我的真心,願意為我開啟那扇緊閉的門。然而這一切,或許都只是我一廂情願的夢。

無眠的夜晚

每個想他的夜晚,我輾轉反側,難以成眠。腦海中一遍遍回放我們的點點滴滴,哪怕只是短短幾句對話,

也成了我深夜的唯一慰藉。

愛他，卻無法擁有他；想他，卻只能把這份情感深埋心底。這份無望的愛，到底還要走多久，才會迎來真正的終點？

2025 / 01 / 07 ㈡ 😢

臘八的問候

早上，手機螢幕亮起，魚兒傳來一張「過了臘八就是年」的圖片。看著那張圖，心中泛起一絲暖意，彷彿他的問候透過螢幕傳遞到了我心裡。

已經快中午，我忍不住問：「你現在才起床？」

他很快回覆：「我剛忙完呢！歇會兒……滑滑手機！」接著又連珠炮似地問：「你們期末考還在進行嗎？你導護工作要做幾天呀？你辛苦啦！為生活努力加油！」最後還附上一個滿滿愛心的貼圖。

看著他的回覆，我心裡既開心又有些忐忑。開心的是，他依然會關心我；忐忑的是，我害怕這份關心只是出於禮貌。

消失的恐懼

午休時間，我一一回覆了他所有的問題，並半開玩笑地說：「我以為你已經不想理我了，直接消失在人群中了……」

這句話裡藏著一絲試探，也帶著一點不安。我多麼希望他能明白——他的存在，對我有多重要。接著，我鼓起勇氣問：「我寒假快到了，你可以抽一天空檔陪我去走走嗎？」

　　沒想到，他居然爽快答應：「好呀！可是我沒寒假可放，也沒寒假作業耶！」

　　我試著再次確認，他卻沒有再回覆。心裡有些失落。但當我說：「放學後導護要站路口，感覺會很冷。」他在五分鐘內回：「多穿一點衣服！別受涼感冒了！」

　　這種選擇性的回覆，讓我感到無奈又困惑：他到底在乎我嗎？還是只是出於朋友間的關心？

夜晚的溫暖

　　晚上 22:25，他又傳來一張晚安圖。

　　我問：「你又喝酒啦？」

　　他簡單回：「嗯，喝一點。」

　　我立刻打電話過去，聊了約三十分鐘。我告訴他下班後衝去大園找叔叔的事，他靜靜地聽著，沒有打斷，也沒有不耐煩，只是偶爾回應幾句。

　　那是第一次，我覺得自己可以毫無顧忌地絮絮叨叨，而他可以一直靜靜地聆聽。這種感覺好踏實、好暖。彷彿在那一刻，我們之間的距離被拉近了，心也靠得更近了。

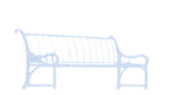

複雜的情緒

　　掛掉電話後，我躺在床上，心裡五味雜陳。他的關心、他的聆聽、他的選擇性回覆，都讓我無法捉摸他的心思。

　　我愛他，卻不知道他是否也愛我。這份不確定感，讓我的心忽而甜蜜、忽而煎熬。或許，愛就是這樣，既有甜蜜的互動，也有無聲的等待。

　　我閉上眼睛，心裡默默祈禱：「希望有一天，我們能真正走在一起，不再有距離，不再有猜疑。」

2025 / 01 / 08 (三) ☺

　　在繁忙的日子裡，人與人之間的互動，往往能帶來意想不到的溫暖與感動。

　　今天早上 9:42，手機螢幕亮起，魚兒傳來一張早安圖。看見那張圖，我心情也變好，決定回應這份心意。我特地製作了一張日安圖，在圖上寫下：「你把我當回事，你的事就是我的事。」這句話，不只是回應他，更是我內心真實的寫照。

　　為了讓他知道我的近況，說我最近忙得團團轉，連上廁所和喝水都是一種奢侈。沒想到，他立刻回了一句：「再忙也要喝水，加油！」簡單幾個字，卻像一股暖流，瞬間湧入心裡。

那份被在乎的感覺，讓我在緊湊的工作節奏中獲得了一絲喘息的空間。原來，即使不常見面，魚兒依然關心著我。

下午，我正在開會時拍了張照片傳給他，告訴他我在開會。其實我也想知道他是否有去運動，但他沒有主動提起，我不禁有些小失落。心想：是他忘了告訴我？還是覺得這件事不值一提？

後來，鄭姐跟我說：「你沒料到他今天去運動吧？」我心裡一震，其實早有預感，只是他沒說，我也不好確定。於是我只能問問鄭姐，想證明自己的直覺沒有錯。

這段小插曲，看似平凡，卻讓我再次體會到人與人之間那份微妙的期待與情感的流動。也許，正是這些細微的起伏，才讓我更深刻地珍惜彼此的存在與牽掛。

2025 / 01 / 09 (四) 😢

又是一個沒消沒息的早晨。整個上午，手機螢幕靜悄悄的，沒有他的訊息。雖然心裡有些失落，但在午餐時間，我還是主動傳了一條 Line 給他。時間一分一秒過去，直到 13:57，他才終於回覆。

這一小時多的等待，彷彿被拉得無限漫長，心裡的焦躁與不安不斷蔓延。

正當我還在思索他是否對我漸漸冷淡時，魚兒傳來

一段文字:「人與人相處久了,缺點就會暴露出來,當對方把我們看透了卻依然不嫌棄,那就是真心。我們的脾氣和行為會趕走許多人,但也會留下最真的人。時間是最好的過濾器,留下來的就是互相適應的有緣人,唯有珍惜才會長長久久。」

這段話,像一道光,照亮我心中的迷霧。我反覆咀嚼著每一個字,試圖從中找出他的想法與我們關係的答案。這是魚兒對我們關係的感悟嗎?是他想傳遞的訊息?還是只是他看到後覺得不錯便轉發給我?

我鼓起勇氣問他:「你會珍惜我們倆的感情嗎?」

但他的回應始終都是無聲的「已讀」。那冷冷的標記,就像一把針,刺進我的心裡。我忍不住開始懷疑:他是不在乎了,還是他其實不知道該怎麼回應?抑或他正在用沉默,讓我學會──真正的感情,需要時間的考驗,也需要彼此用心珍惜?

夜晚的寒風格外刺骨。

19:37,我再次傳了一則訊息:「現在外面好冷,你回家了嗎?要注意保暖喔!」我將對他的牽掛與叮嚀轉化成文字,心裡期盼著他能感受到我的關心。

然而,他依舊已讀未回。我看著手機螢幕,心中泛起一陣無力與苦澀。或許,他真的很忙;又或許,他已經不再像從前那樣在意我。但無論他的答案是什麼,我

對他的感情，從未改變。

2025 / 01 / 10 (五) 😢

一整天的沉默與期待

又是一整天的音訊全無。那份無聲的等待，像潮水般一波波湧來，將我心裡的失落沖刷得更加無處可藏。

早上 10:53，我終於忍不住傳了 Line 給魚兒：「雖然我今天很忙，可是我有想到你，你都沒有想到我。」

短短幾句話，盛裝著我滿滿的思念和一點委屈。

沒想到他要我：「乖乖上班上課，別想我太多，好嗎？」

語氣是溫柔的，卻不知為何透出一股淡淡的距離感。這讓我心裡泛起更深的酸楚。

晚上 22:29，他主動傳來訊息，說今晚在參加守望相助隊的值勤，還叮囑我，叫我早點休息。看到他的訊息，我的心稍稍暖了一下。

我除了叮囑他好好保暖外，也跟他分享了我明天的行程：「明天早上我要去市場買魚，煮好魚湯送去大園給我叔叔喝……」

我想知道他明天有何打算，所以試探性地問了他，他回道：「明天我們里內辦寫春聯活動。」

我們曾約好 20 日見個面，於是我跟他說，20 號見

面的時候跟他拿一些春聯,然而,晴天霹靂的是,他20號當天沒空見面。我瞬間整個人都裂開了!

情感的拉扯與期待

這一天,像是一場無聲的拉扯。我試著用關心、分享,甚至傻氣的撒嬌,來留住那份漸行漸遠的親密感。可他總是回得簡單又淡然,像一陣風,怎麼抓也抓不住。

他的忙碌、他的距離感,讓我忍不住懷疑:我們的感情,還能再前進嗎?還是已經停在他不願說破的邊界?

魚兒啊!你這樣總是不回我,真的讓人很心慌啊!我的心整天都被不安霸占,像丟了魂似的,不知道該如何是好⋯⋯人家真的好想你啦,魚兒!

可我還是告訴自己──或許,他真的只是太忙了;或許,他只是需要多一點時間與空間。只要我還沒放棄、只要我繼續堅持,也許有一天,他會明白我的用心,會像我珍惜他一樣,回頭珍惜我們這段感情。

2025 / 01 / 11 ㈥ ☺

清晨 7:59,魚兒準時傳來一張溫暖的早安圖,為今天揭開美好的序幕。

8:31,我和他分享了今天的行程:「剛從市場回來,買了魚,骨肉分離,骨頭拿來熬湯;還買了櫻桃,要給

叔叔補血；另外也買了木瓜，因為叔叔最喜歡吃木瓜。」

雖然只是日常瑣事的描述，卻藏著我對家人深深的關懷與在乎。

8:40，魚兒讓我「注意保暖」的回覆讓我心頭一暖。短短幾個字，就像是一個無形的擁抱，驅散了清晨的寒意。這些看似平常的問候，卻讓我感受到他對我的關心與溫柔，在這寒冷的早晨，他的訊息就是我最需要的溫度。

然後我提醒他記得幫我帶一份春聯。但他跟我說，今年的春聯活動是讓小朋友自己拓印的，不是我想要的那一種手寫春聯。

雖然遺憾不能見面，但晚上的通話彌補了這個缺憾。談話內容大多是在談明天的家庭聚餐。我把餐廳的資訊傳給他，他看過之後說菜色普通，沒有太大驚喜。他的直率讓我忍不住笑了，卻也覺得他這樣的個性真是可愛。

他也提到自己明天有飯局，我好奇是哪裡的飯局，結果他好像也說不清楚具體地點。雖然我有些疑惑，但又覺得這樣的小插曲，也許正是生活裡真實的反應。

掛電話前，他向我說了聲：「See you tomorrow！」

讓我心裡泛起一絲波瀾與不解，他總是在最後留下這樣的話語，我忍不住思考，我們之間，是否還藏著一

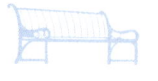

些沒說出口的情感?還是,只是那淡淡的關心與期待,悄悄藏進了這些簡單的告別語中?

一整天的互動,都是些微不足道的日常對話,但對我來說,這些細節卻如同幸福的片段,慢慢編織成我們之間獨有的情感網絡。每一個訊息、每一句話語,都讓我感受到生活中的溫暖與愛。

2025 / 01 / 12 (日)

清晨 7:53,我懷著滿心期待,傳了一張自製卡片給魚兒,上頭寫著:「最美的遇見,不是在路上,而是在心上。LOVE。」還俏皮地附上一句話:「一大早就請你吃心心相印的馬卡龍。」

繽紛馬卡龍承載著我滿滿的思念與溫柔,把我的這份心意穿越螢幕,輕輕抵達他的心底。

沒想到,魚兒的回應讓我驚喜萬分!他竟傳來一張他正在寫春聯的照片!

「哇!哇!哇!哇!哇!」我忍不住驚呼出聲,這真的讓我跌破眼鏡!魚兒竟然主動傳獨照給我?這份突如其來的禮物讓我心跳加速,每一個細節——他專注的神情、嘴角微揚的弧度、還有那雙深邃的眼睛,都讓我目不轉睛,彷彿整個世界都靜止在那一刻。

我心裡直讚嘆:「真是太帥了!」

然而,這份驚喜並沒有平息我內心的漣漪。整整一整

天，我的腦海都被他昨晚那句「See you tomorrow！」所占據。這句話就像一顆小石子，讓我原本平靜的心湖激起層層波紋。

　　我不斷揣測，他是不是會突然出現在餐廳？是不是會像戲劇裡那樣，給我一個出其不意的驚喜？這種夾雜著期待與不安的情緒，讓我一整天心神不寧，彷彿每一分鐘都拉得特別長、特別深。

　　但現實終究不像幻想那樣浪漫。他並沒有突然出現在餐廳——我失落了。卻也忍不住自嘲，是我自己想太多了！

　　這份期待更多的是我內心的一種投射，渴望靠他更近一些、渴望更多他的在意與溫柔。

　　儘管如此，今天的點滴仍讓我感到無比幸福。那張自製卡片、他傳來的獨照、還有那句輕描淡寫卻意味深長的「See you tomorrow！」——這些片段，就像夜空中一顆顆閃爍的小星星，點亮我平凡的日常。

　　這些微小而真摯的瞬間，或許就是我們之間最珍貴的情感連結。每個細節，都讓我更篤定，他是我生命中最美的遇見。而這份遇見，早已靜靜烙印在我的心上，無聲卻深刻。

2025 / 01 / 13 (一) ☹

　　清晨的陽光透過玻璃灑進走廊，我拿起手機，在

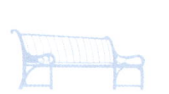

10:35 傳了一張自製的早安圖給魚兒。圖上寫著「平安健康」，雖然簡單，卻滿載著我對他的祝福與惦念。

我期待著他的回應，心裡泛起一絲甜甜的漣漪。10:52，他傳來一張「蠟筆小新的厚紅唇」圖片。我愣了一下，腦中飛快閃過無數念頭。本來想回一句「Kiss？」，但最後還是選擇保守一點：「What's this？」

他馬上回：「吻。」

看到這個字，我的心跳像踩到油門般加速。手指在鍵盤上飛快敲下：「Wowwwwwww，收，謝謝，愛你！」這幾個字像承載著我情感的小飛船，朝著他的手機螢幕直衝而去。

我發現，魚兒最近的尺度似乎變大了，話語中多了些曖昧與熱度。他的進步讓我驚喜，也讓我悄然升起一股幸福的暖流。或許，我們之間的關係真的在悄悄升溫吧？這種微妙的變化，讓我既期待又忐忑。

中午，我選擇到外頭吃小火鍋，一個人享受著那片刻的孤獨與寧靜。吃完後，隨著微風漫步回 office，但腦海裡的思緒始終被魚兒占據。

我撥了通電話給他。他說他在老家，正和弟弟聊天，還說晚點要去送貨。我鼓起勇氣問了一句：「今天是否宜見面？」

他沉默了一下，回答：「不宜。」

這份拒絕像一把無形的刀，輕輕劃過我的心口，卻留下一道刺痛的痕跡。為什麼我如此珍惜你，而你卻彷彿不把我放在心上？這個問題在腦海裡一遍遍地迴盪，像一場醒不來的夢魘。

　　我努力試著理解他的想法，卻總是抓不到他的頻率。或許，感情就是這樣吧──總有一方傾心付出，而另一方卻未必有所感受。

　　我告訴自己，不可以讓這點失落毀掉我們之間的連結。但難過的情緒，仍舊悄悄湧上心頭。我開始回想我們之間的點點滴滴──那些甜蜜的對話、那些默契的沉默，讓我怎麼都無法放手。

　　也許，魚兒只是需要更多時間。而我，願意等待。因為我相信，真正的感情，是值得用時間去證明、用耐心去守候。就算現在心裡有些酸、有些苦，我依然選擇用我的真心，去換取未來的可能。

　　這一天，我學會了──在失落中尋找希望，在等待中堅守信念。魚兒，我依然愛你，也依然珍惜你。願有一天，你能感受到我炙熱的心，並用同樣的溫度回應我。

2025 / 01 / 14 (二) 😢

　　上午，魚兒傳來一個讓我措手不及的問題，他問我：「婚姻關係到底是什麼？是互相依賴嗎？還是互相纏

繞？還是什麼？請給我指點迷津……」

這句話像一顆石子投入平靜的湖面，激起層層漣漪，也攪動了我心中的思緒。雖然有些意外，但我知道，這可能是他內心深處真正的困惑。我不敢輕忽，決定認真作答，成為他尋找答案的同行者。

思考許久後，我把我的想法告訴他：「我覺得婚姻關係是：兩個人基於愛、承諾與責任而建立的特殊連結，但它的本質會隨每對伴侶的價值觀與經歷而有所不同。在理想的情況下，婚姻不只是互相依賴，也不只是纏繞，而是一段彼此支持、共同成長的夥伴關係。」

我試圖用最真誠的語言，傳達我對婚姻的理解與信念。對我來說，婚姻更像是一場共同經營的旅程，需要愛、信任、溝通與妥協。它意味著，無論平凡或風暴，兩個人都願意攜手走下去；在欣賞與磨合之中，尊重彼此的差異，並朝著共同的目標努力。如果能在這段關係中找到平衡，婚姻就會成為一個滋養彼此心靈的避風港。

我不知道這樣的回答是否能讓魚兒滿意，但我希望他能感受到我語氣裡的溫柔與用心。也許，這個問題的背後，藏著他對未來的期待與不安，而我，願意為他點一盞燈，照亮那些模糊不清的方向。

下午，我鼓起勇氣問他：「今日宜見面否？」

他還是拒絕了我，說：「不宜，要和女兒吃飯。」

這句話像一陣冷風，吹散了我原本微暖的期待。為什麼每次我主動靠近，換來的總是疏離的回應？為什麼我那麼珍惜他，他卻總是把我推在門外？

　　我開始反思——或許，是我太急切了，又或許，我們之間的節奏還未同步。婚姻，或者說任何一段關係，都需要時間與耐心去經營。我不能因為短暫的失落，就否定我們之間的可能性。我願意等，用我的真心去換取未來的光亮。即使此刻心裡泛著失落，我依然相信，真正的感情，值得耐心與堅持。

　　這一天，我學會了——在失望中尋找希望，在等待中堅守信念。正如我昨日所說：魚兒，我依然愛你，依然珍惜你，對你的感情從未改變，一如初見。願有一天，你能感受到我內心的渴望，並用同樣的真心回應我。

　　婚姻，或者說任何一段關係，都是如此——在平凡與風暴中，選擇並肩前行；在差異與共識中，學習彼此靠近。我相信，只要我們願意，這段旅程終將成為滋養彼此心靈的港灣。

2025 / 01 / 15(三) 😢

　　整個早上，時間彷彿凝結了。手機靜靜地躺在桌上，沒有震動，沒有訊息，安靜得像一顆沉睡的石頭。我一遍遍解鎖螢幕，卻始終看不見魚兒的回音。心裡像被掏

空了一塊，焦慮與不安在那片空洞中來回碰撞，發出沉悶的聲響。

我忍不住向 Jessie 傾訴，她傳給我兩張蠟筆小新的貼圖，滑稽的表情似乎想為這死寂的氣氛注入一絲活力。然而，這小小的幽默，卻成了我今天僅有的慰藉。我小心翼翼地，先後用掉了這兩張貼圖，它們像是我與魚兒之間，脆弱而僅存的聯繫。

下午 15:48，我終於無法再忍受這漫長的空白與等待，鼓起勇氣撥出了 Line 電話。螢幕上閃爍著通話中的字樣，耳邊卻只有機械的嘟嘟聲，一聲一聲，像在嘲弄我的焦急與主動。終於，他傳來訊息：「我在忙，有什麼事？」

短短幾個字，冷漠得像一把冰刃，無聲地劃過我的心。我咬著牙，強忍著幾乎奪眶而出的眼淚，顫抖著手指回覆：「在想說，你今天是不是很討厭我？太陽都快下山了，也沒有你的消息……這樣晚上的尾牙我會吃不下，但會喝很多……」

看似玩笑話，卻藏著我全部的委屈與渴望。每一個字都像是一顆石頭，壓在心口，又像是一片自嘲的羽毛，輕飄飄地落下，卻激不起任何迴響。

夜晚，尾牙的喧鬧與歡笑像是另一個世界的聲音，與我無關。我坐在角落，靜靜喝著酒，感受著酒精帶來

的微醺與暫時的麻痺，卻無法驅走心底的空虛與落寞。

散場後，我再次拿起手機，撥給魚兒。這一次，他接了。我們聊了二十分鐘，談著生活瑣事、彼此關心。熟悉的聲音像一股暖流，慢慢地流進我冰冷的心房，驅走了整日的陰鬱。22:35，通話結束，我掛上電話，臉上浮現久違的微笑。

能夠和魚兒說話，真好。他的聲音、他的回應，對我而言，就像沙漠中的甘泉，滋潤著我乾涸許久的情感世界。

但喜悅之後，思緒開始翻湧。我不得不問自己：這段感情，是否讓我變得太敏感、太依賴？他的每一次回應、每一絲沉默，甚至每一個貼圖，都足以牽動我的心，讓我高興、讓我失落、讓我心痛、也讓我心暖。我是不是……太在乎他了？

或許，這就是愛吧。讓人變得脆弱，變得不再是原本堅強獨立的自己；但同時，也讓人感受到人生中最真切的悸動與幸福。

魚兒，我不知道你是否明白，你的一個訊息、一次通話，對我來說，是多麼珍貴。那不只是關心與陪伴，更是我在黑暗中前行時，所依靠的那道微光。

我願意等待，願意付出，只希望有一天，你能真正看見這份深藏的情意，也願意同樣給予我溫暖與珍惜。

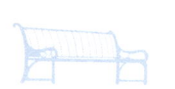

這份感情，如同一場未知的冒險，而我，願意勇敢走下去。因為我相信，只要心中有愛，一切都有可能。

2025 / 01 / 16 ㈣ 😟

清晨陽光尚未完全穿透窗簾時，我便醒了。

拿起手機，螢幕亮起，映入眼簾的是昨晚與魚兒的 Line 通話紀錄。那一瞬間，一股暖流湧上心頭，像冬日裡的一縷陽光，溫暖而和煦。

雖然昨晚的記憶因為喝酒而變得有些模糊，如同被薄霧籠罩的風景，但我仍能清晰感受到那份安心與溫柔——那是魚兒的聲音，獨有的，能撫平我一切焦躁的魔力。

帶著這股餘韻，我寫下了一段話傳給他：
「魚兒早安，

早上醒來，拿起手機，看到畫面停留在我們的 Line 對話頁面，還有昨晚的通話紀錄，心裡湧上一股莫名的暖意。雖然記憶有些模糊，但我依稀記得你的聲音，依然帶著那份令人安心的溫柔。謝謝你在我微醺的狀態下，依然願意陪我聊天，成為我那一刻最好的傾聽者。我不知道昨晚的我是否話多了些，甚至可能有些胡言亂語。如果真的說了什麼奇怪的話，還請你多多包涵。

我知道，我微醺時總是特別想你，但究竟說了什麼，我自己也不太記得了，真的很抱歉。感謝你那麼耐心地

聽我說話，或許並不是每句話都有意義，但你的陪伴讓昨晚變得特別溫暖。

有你真好，這是我人生中一份難得的幸福。希望未來的每一天，無論是清醒還是微醺，都能像昨晚一樣，自然、真誠。

愛你的畢兒」

按下傳送鍵的那一刻，我的心跳彷彿漏了一拍。我期待著他的回應，就像等待一份珍貴的禮物。

不久，手機震動，螢幕上跳出三張「早安圖」。我看著那些貼圖，心中浮起一絲疑惑，又有點期待，便問：「你今天怎麼發那麼多早安圖給我？」

他說：「送給開心的你呀！」

那一刻，我的情緒複雜難明。開心嗎？或許有一點吧，畢竟那是來自他的回應。但更多的，是一種無奈，一種哭笑不得。我多麼希望，他能真正理解我的心意，而不只是用這些可愛貼圖來打發我。我所渴望的，不是表面的敷衍，而是一點真心的交流──哪怕只是一句簡單的問候，一個真誠的擁抱。

我真的很想翻個白眼，但最終還是忍住了。我不願讓這段感情被這些小小的失望逐漸侵蝕。我深吸一口氣，告訴自己：要有耐心，也要學會等待。

或許，魚兒只是還不懂該如何表達情感，或許，他

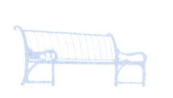

只是需要多一點時間去學習。我依然愛他，也依然珍惜這份感情。我相信，只要彼此坦誠、彼此理解，終有一天，我們會跨越這些溝通上的隔閡，真正走進彼此的心裡。

在那之前，我願意繼續付出，繼續等待，因為我相信，這份愛，值得我所有的努力。

魚兒，我多麼希望你能明白，我的心，一直都在這裡，為你跳動，為你守候。

2025 / 01 / 17 ㈤ ☾

清晨，與魚兒互傳了一張早安貼圖，像是例行公事，簡短、平淡，幾乎感受不到溫度。隨後，時間像被無形拉長，手機又一次陷入沉默。整個白天，他毫無音訊，而我的心，也隨著這份無聲的距離，一點一點下沉。

深夜，月光灑落，映照著房間通透而清冷。我坐在窗前，望著遠方閃爍的燈火，心裡湧上一股難以言喻的渴望──我想聽聽魚兒的聲音，哪怕只是一句短短的問候也好。

我試探著傳去一則訊息：「此時是否宜聊天？」

按下傳送鍵的那一瞬，我心跳如擂，卻也知道答案可能早已寫在沉默中。訊息像一顆石子落入深潭，沒有迴響，沒有回音。螢幕上的對話框靜靜地懸著那句未被

讀取的文字,彷彿是我一個人赤裸地站在寒風中,無依無靠。

我開始胡思亂想:他是真的睡了嗎?還是根本不想理我?是忘了回?還是根本不想回?

這些無解的疑問像風暴般向我襲來,讓人無從平靜。這半年來的點點滴滴,如同迴光返照般浮現在眼前。

我記得,是他先闖進我的世界;是他先用那些無厘頭的語句,在我心湖激起漣漪。他曾說過愛我,曾問我是否也像他愛我那樣愛他。他說要一起開心下去,要陪我走進新的一年。

那些話語,那些溫柔,當時是我最堅實的依靠,如今卻變成一把把回憶的刀,鋒利地劃過我仍未癒合的心。

如今,他的冷漠與沉默卻像一堵高牆,將我擋在門外。留下我一個人,獨自反覆咀嚼那些曾經甜蜜的回憶,苦澀得幾乎窒息。

我忍不住問自己:這段感情,從一開始是不是就錯了?為什麼是他先走進來,卻是我無法抽身?為什麼他可以毫無留戀地退場,而我卻還在原地等?

我望著窗外的夜,城市燈火如星海點點,卻無法照亮我心中的孤獨。這份孤寂濃得就像黑暗中的大海,拼命要將我整個人吞噬。

這份愛,如一場漫長的馬拉松,我拼盡全力奔跑,

卻依舊看不到終點的影子。魚兒，你可知，我的心已被你傷得體無完膚？你可明白，我每一次的等待，每一次的落空，都是對這段關係的深刻質疑？

我不知道我們是否還能走下去，也不知道這份愛是否還值得堅守。但我知道，今夜的我，真的痛了，痛得無處可逃。這份痛，如深淵一般，不斷吞噬我所有的力氣，讓我幾乎無法呼吸。

2025 / 01 / 18 ㈥ 😔

清晨 6:23，手機螢幕亮起。魚兒傳來的早安圖，像一縷清新的晨風，輕輕拂過心頭，也吹散了睡意。

他說要當環保志工掃地。我知道，身為鄰長的他，時常需要配合里長參與環保志工服務。那副早起與默默付出的身影，有著可靠的責任感和踏實感，不禁令人產生敬佩之意。

時間緩緩流逝。手機再次震動，他傳來一張照片——一碗滷肉飯，配著一碟翠綠的青菜。油亮的滷肉在燈光下閃著光，綠意盎然的青菜彷彿還帶著熱氣，隔著螢幕彷彿都能聞到那股熟悉的香氣。

我心中一動，想起我們之間那個小小的約定——一起吃滷肉飯的承諾。那曾是我們無意間定下的約定，簡單卻甜蜜，像一種專屬的默契，藏著溫柔的期待，也藏

著我對未來的一點點憧憬。

於是我傳了訊息提醒他：「不要忘記我們要一起吃滷肉飯的約定！」

這句話，帶著我的笑意，也藏著一絲忐忑。我多麼希望他還記得，多麼希望，他能給我一個回應──一個讓我知道我仍在他心中的回應，一個能讓我確認，這段關係仍有溫度的訊號。

但訊息送出後，螢幕顯示出熟悉的「已讀」兩字，卻遲遲等不到他的回覆。就像昨夜那句「此時是否宜聊天」一樣，再度石沉大海。

那碗滷肉飯與青菜，彷彿也一同陷入了沉默，螢幕的畫面突兀地靜止下來，空白而冰冷。

我感到一陣寒意掠過胸口，那是一種說不出口的失落感。像是一股寒流悄然湧入心湖，將情緒一點一點冰封起來。

這樣的情形，已經不是第一次了。他那種習慣性的「已讀不回」，就像是一種溫柔的斷裂──不理我，不解釋，只是靜靜地、無聲地把距離拉遠。而我每一次的期待，換來的都是無聲的等待；而每一次的等待，堆疊的卻是日漸加深的落寞。

我不知道，他是真的太忙，還是只是不願回應。這種反覆上演的安靜與冷淡，像是某種逃避，也像是一場

無聲的告別。看著那「已讀」的符號，我忍不住苦笑。

心裡湧起的，不再是憤怒，而是一種疲憊的無力——就像被困在一個沒有出口的迴圈，越走越深。這段感情，究竟該何去何從？我該繼續等待，還是該學會放手？魚兒，你是否知道，我的心，正在一點一點地冷卻？就像一個冬天的夜晚，星星逐漸消失，黑暗逐漸籠罩，我的心，也逐漸失去了光芒。

2025 / 01 / 19 (日) 😖

早上 8:23，手機螢幕猛地亮起，像一道閃電劃破了黎明前的寧靜。

魚兒傳來了一個早安圖，簡單地寫著：「把早安跟平安一起 Line 給你！」

畫面上兩個依偎的紅色愛心，就像兩團炙熱的火焰，瞬間點燃了我胸腔裡沉寂已久的情慾。我的心跳開始失控狂奔，彷彿要衝破胸膛、跳到他的面前。

我幾乎是顫抖著撥出 Line 電話，想把這份突如其來的悸動與渴望，分享給他。我們聊了將近四十分鐘，每一秒都像被無限拉長。今天的魚兒，他的聲音，他的話語，都像帶著電流，讓我全身酥麻，臉頰滾燙。

電話那頭，他說：「剛開始我們是兩條平行線，現在已經不再是平行線了。處於友達以上，戀人未滿的程

度,只差 0.0 幾毫米,即將成為戀人了!」

這句話不像承諾,更像是一種宣判——甜蜜又誘惑,將我一步步推向慾望的深淵。

我對這個早晨,充滿了莫名的期待,一種危險又令人興奮的期待。他提起前幾天我傳的那張兔兔咬熊大的貼圖,我還一頭霧水,不明白他為什麼突然說起這個。然而接下來的話,卻讓我的心臟猛地一縮,像是被無形的手狠狠捏住——「如果可以咬對方,我想咬你的胸部⋯⋯」

語氣低沉、直白得毫無遮掩,像一記重錘,砸在我的理智上,讓我瞬間無法思考。他又補上一句,似笑非笑:「那你呢?想咬我哪裡?」

我的大腦一片空白。這太過火了⋯⋯太直白、太赤裸,讓我完全措手不及。我勉強讓自己的聲音聽起來鎮定:「No way.」

但他卻不放過我,語氣帶著一絲挑釁:「你不想咬我的胸部嗎?」

我的呼吸開始不穩,心跳狂亂,聲音也微微顫抖:「不⋯⋯」

但事實是,我想。我想咬遍他全身,每一寸肌膚、每一道輪廓,想感受他在我唇齒間顫慄的溫度⋯⋯

他似乎察覺到我的掙扎,低沉地笑了,那笑聲帶著

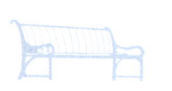

狡猾的曖昧,像一條滑入暗處的毒蛇,盤踞在我腦海,蠱惑著我的理智。我試圖轉移話題:「你不要亂想啦,我只是想咬你胳臂,就像兔兔咬熊大那樣⋯⋯」

但他怎麼可能輕易罷休?

「想像一下──」他特意拉長語調,聲音沙啞又性感,像在我耳邊吹拂著炙熱的氣息:「想像一下,雪白柔嫩的酥胸,像覆滿白雪的山峰⋯⋯唇舌輕觸,緩緩劃過,就像舔著香甜的冰淇淋⋯⋯一點一點,一點一點地感受它在溫熱的氣息中融化⋯⋯」

轟──我感覺自己的身體被引燃了,致命的酥麻感從心口蔓延,席捲全身。他的聲音,像某種致命的催情劑,滲入血液,讓我無法抗拒。

我該說些什麼來阻止他⋯⋯但嘴唇微微張開,卻連一個音節都發不出來。他明顯知道自己正在摧毀著我的防線,那抹狡點的笑意,透過聲音傳來,帶著掌控一切的氣勢。

我的理智在吶喊,要我保持清醒,可是我的身體卻背叛了我──呼吸紊亂、心跳洶湧,連指尖都在微微顫抖。喉嚨深處,像燃燒著一團無法熄滅的火焰,而我⋯⋯卻甘願被這火焰吞噬。

我的手指不受控制地滑向螢幕上的愛心符號,想傳送給他,讓他知道,我已經被他徹底征服。但我卻猶豫

了,理智與慾望在我腦海激烈交戰。

　　就在這時,魚兒的聲音又像毒藥般襲來,讓我體內的情慾徹底爆發。那一整天,我像是被下了蠱,被一種無形的力量牢牢捆綁在他身上。我不停地回想他早上說的每一句話,每一個字,他低沉的嗓音,他描繪的旖旎畫面……

　　我完了。我徹底淪陷了。我怎麼會變成這樣?我感到煩躁不安,整天心神不寧,像一隻被困在籠中的野獸。

　　到了晚上,我終於忍不住,再度撥出 Line 電話。但聽筒裡傳來的,卻是無盡的嘟嘟聲……他沒有接。

　　這一晚,我輾轉反側。慾望與焦慮,如兩條毒蛇,在我體內交纏撕咬,讓我無法入眠。

2025 / 01 / 20 (一) 👿

　　清晨 6:58,手機螢幕驟然亮起,刺眼的光芒劃破尚未拉開窗簾的黑暗。

　　是魚兒的早安圖,一如往常。但這一次,我的心沒有狂跳,沒有甜蜜,反而像灌了鉛般沉重,直墜谷底。

　　他問:「昨晚打給我幹嘛呢?我已經睡著了。」

　　這句淡漠的話語,如同一桶冰水自頭頂澆下,澆熄了我昨夜殘存的熱情。我強忍著胸口的酸楚與刺痛,故作輕鬆地回覆:「喔……只是想跟你聊聊天,聽聽你的

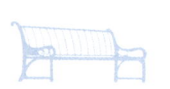

聲音⋯⋯」

最後那兩顆愛心，現在看來，更像是一種自我嘲諷，嘲笑我的痴心妄想。

魚兒，你昨日那些甜言蜜語、綿綿情話，依舊清晰迴盪在我耳畔，每個字都像燒紅的烙鐵，深深烙印在我的心上。為何才過一夜，你竟判若兩人，如此冷漠？

你問我打給你幹嘛？這一句簡單的提問，卻像一把鋒利的匕首，刺穿我的心臟，血淋淋地攤開我的脆弱與不堪。

我要怎麼回答？難道要我坦白承認，是你一次次的撩撥，讓我慾火焚身、輾轉難眠？難道要我像個傻瓜一樣，對你傾訴：「我有所念人，隔在遠遠鄉；我有所感事，結在深深腸；腸深解不得，無夕不思量」嗎？

這份埋藏心底的渴望，如野火般蔓延，早已無法用語言形容，更不知該如何啟齒。除了無聲嘆息，我還能做些什麼？

接近中午，你傳來訊息，說你去山上拜拜。我問：「哪個山上？」你簡單回我「南港」兩字。我再追問：「是研究院路那邊嗎？」卻只得到冰冷的「已讀不回」。這四個字，如同四根鋼釘，將我的心釘在絕望的十字架上，任憑鮮血汩汩流淌。

下午，我強顏歡笑，傳訊息給魚兒，説我在饗食天

堂和同事一起享用下午茶。照片裡的餐點精緻繽紛，擺盤華麗，看起來多麼熱鬧歡愉，卻像極了此刻的我——皮笑肉不笑，硬撐著快樂的假象。那杯色彩艷麗的調酒，更像是我笑容背後的苦澀，赤裸裸地呈現在畫面中。

晚上，我鼓起所有的勇氣，想和你好好談談，釐清這一切。你卻只回了三個字：「不方便。」這三個字，如三座高山重重地壓在我身上，讓我幾乎無法呼吸。

我的內心早已翻江倒海，痛苦、憤怒、委屈、絕望……種種情緒如熔岩般沸騰、碰撞，幾乎要將我撕裂。但我只能咬緊牙關，用盡全力，從牙縫擠出兩個字：「收到。」

這，是我僅存的尊嚴。我強迫自己冷靜一個小時，才用顫抖的指尖按下傳送鍵。若當下立即回覆，我怕自己會崩潰，會失控罵出一連串的三字經，甚至更惡毒的詛咒！

不方便？不方便？你到底什麼時候才方便？難道只有當你想玩弄我的感情、想撩撥我的時候，你才方便嗎？

如果你不想繼續，請你直接告訴我，不要再這樣折磨我，不要再把我晾在一旁，像個可有可無的玩物！

我有預感，你已經移情別戀。每次都説是「女兒」，其實是「女人」吧？否則，你為什麼總是不方便？為什麼總是忽冷忽熱？為什麼總是若即若離？為什麼我的心

這麼不安、這麼惶恐？為什麼我要承受這樣無盡的痛苦與煎熬？

為什麼？為什麼？為什麼？

此時此刻，可傾訴者，竟無一人！唉──這無邊的孤獨與絕望，又有誰能真正體會？

2025 / 01 / 21 (二) ☹

上午 9:25，手機震動了一下，螢幕上跳出魚兒傳來的早安圖，配上一行文字：「讓我們在無聲無息的空間，寫出有聲有色溫暖的問候文字。」這句話，像一縷溫柔的陽光，悄悄灑落在我心田。然而，也有一絲薄霧般的憂慮，悄悄籠罩上來。

我懷著忐忑的心情，在 9:40 回覆他：

「我覺得是可以這樣，但不必一定要如此。『無聲無息的空間，寫出有聲有色的問候文字』，的確很美，但我更渴望在真實生活中與你相遇、互動。而不只是虛擬世界裡溫暖的問候，更希望能擁有實實在在的陪伴與交流，對吧，親愛的魚兒！」

我特意加上了驚嘆號，希望這份真摯的期待，能穿透螢幕，抵達他心底。

中午過後，他主動傳來一張照片。照片裡是一顆碩大無比的芥菜，翠綠欲滴、充滿生命力。他說，那是朋

友親手栽種的,今天他特地跑了一趟菜園去採摘。

看到那畫面,我心頭湧起一股暖流,彷彿也能看見他陽光般的笑容,感受到他對生活的熱情與純真。

下午 17:23,我按捺不住雀躍,急忙 Line 他:「我放假了!」短短四個字,懷著滿滿的喜悅與期待,與他分享這個輕鬆時刻的喜悅啊!

然而,時間一分一秒地過去,他始終未回。我的心情,也隨著指針緩慢下墜。直到晚上 20:18,他終於傳來訊息:「恭喜放假了!」接著說他要去巡守隊值班。這一句話雖然帶著祝福,卻也像一盆冷水,將我心中剛燃起的希望火苗輕易澆熄。

我深吸一口氣,告訴自己:不要灰心。我再次鼓起勇氣傳訊息問他:「明天我要去運動,你要不要一起去?」

這是一句經過深思熟慮的邀請,也是我對他釋出的善意與期待,渴望能創造更多真實互動的機會。然而,訊息發出後,卻如石沉大海。那兩個小小的「已讀」字樣,像兩隻冰冷無情的眼睛,靜靜注視著我——沒有回應,沒有溫度。

它們無聲地嘲笑著我這份滿腔熱忱,嘲笑我一廂情願、孤單又傻氣的期待。我的心,隨著這沉默與拖延,一點一點冷卻,最後,只剩下一片說不出的失落與茫然……

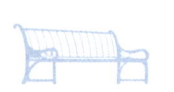

2025 / 01 / 22 (三) 😭

整個早上,世界彷彿被按下了靜音鍵——死寂一片,沒有他的任何消息。這種令人窒息的沉默,像一隻無形的手,緊緊扼住我的喉嚨,讓我幾乎無法呼吸。時間一分一秒流逝,每一秒都像一把鈍刀,緩慢又殘酷地凌遲著我的耐心。

終於,在上午 11:23,我再也無法忍受,抓起手機,幾乎崩潰地傳訊給魚兒:「我的羅密歐,你到底在哪裡?昨晚你說要去值班,然後就消失得無影無蹤!你到底發生什麼事了?昨天不是才信誓旦旦地說要『主動交流』嗎?怎麼今天又人間蒸發了?!」

我一口氣打完這段話,手指因用力過猛而微微顫抖。每一個字都像帶刺的子彈,狠狠地射向螢幕,希望能穿透這層冰冷的沉默,直擊他的心房。

六分鐘後,他終於回覆了——但僅僅是一張寫著「週三快樂」的貼圖。看著那張毫無生氣、表情僵硬的貼圖,我的心瞬間涼了半截。彷彿被一桶冰水從頭澆下,所有的怒火與焦慮,都化作無盡的失望與悲哀。

我毫不猶豫地撥打了 Line 電話,然而,等待我的,只有長達 25 秒令人窒息的靜默。最後,訊息框跳出了兩個冷冰冰的字:「在忙……」

又來了!又是這句該死的「在忙」!這熟悉的藉口

像一把點燃引信的火柴，瞬間引爆我心中積壓已久的怒火，讓我的理智徹底崩潰！

午後運動完，我再也無法忍受這無休止的猜測與等待，索性設定導航，目標：「桃園」。我決定親自去找他，帶著我特地為他準備的青森蘋果（象徵「平安」），親手交給他，確認他究竟發生了什麼事。

然而，當我抵達目的地，卻發現這裡竟然沒有守衛室！無奈之下，我只好將蘋果寄放在里長辦公室，希望他能收到，也希望這份心意，能傳達我對他深深的關切與擔憂。

晚上 21:06，我懷著近乎絕望的期待，再次撥打 Line 電話──一通，兩通……依然無人接聽。

我的心，從焦慮與不安，徹底轉為深深的恐懼與無助。我害怕他出了什麼事，害怕他遭遇危險，更害怕──他會永遠從我的世界裡消失……

我顫抖著手，撥打了他的手機號碼 0933……然而結果還是一樣──無人接聽。那一聲聲冰冷的嘟嘟聲，像一把把尖刀，無情地刺穿我的耳膜，刺痛我的心臟。

無奈之下，我只好留下語音留言，聲音哽咽，帶著哭腔：「雖然不知道你發生了什麼事，但一定有事，對吧？我……我真的很擔心你……你……你至少回個訊息，讓我知道你平安無事，好不好？」

電話掛斷的瞬間，無邊無際的沉默像一頭巨大的怪獸，鋪天蓋地地襲來，將我徹底吞噬。螢幕上，只剩下未接來電的紀錄，訊息框裡一片死寂，而我的心，也像被掏空了一般，只剩下無盡的空虛與絕望。

　　是我太在意，太敏感了嗎？還是他早已習慣這種忽冷忽熱、若即若離的相處模式？

　　這場「像極了愛情」的關係，究竟是出於真心的關懷，還是我一廂情願的自我折磨與煎熬？

　　大家都說，雙魚男與天蠍女的戀愛，總是帶著幾分虐戀的色彩，榜上有名。然而，這真的是愛情嗎？還是……只是「像極了愛情」而已？

　　可我真的戀愛了嗎？

　　我依然是一個人吃飯、一個人看電影、一個人散步，一個人獨自生悶氣。夜深人靜時，身邊只有一枕一被一孤燈作伴。

　　我彷彿沉浸在戀愛的氛圍中，卻始終像個旁觀者。愛情如窗外風景，近在眼前，卻遙不可及。

　　戀愛，只是我窗外的一道風景──我從未真正擁有過它，它也從未真正屬於我。更確切地說──其實，我根本沒有戀愛！說到底，這場心碎的獨角戲，從頭到尾，或許都只是我一個人的幻覺。

　　我死死地盯著手機，指尖微微顫抖──為什麼都不

回我訊息？為什麼都不回我訊息啊?!

　　最後，我深深吸了一口氣，彷彿要將所有的痛苦與絕望都吸入肺中，然後，在最後的最後，我緩緩地闔上螢幕。外頭的夜色漆黑如墨，冷得刺骨，而我的心，也漸漸被這無聲的黑暗吞噬，沉入無底深淵……

2025 / 01 / 23 (四) 😢

　　昨日，我像個傻瓜似地，焦急地追問魚兒到底發生了什麼事。可我的訊息石沉大海，毫無回音。直到今天午後，他的回覆才姍姍來遲，像一把生鏽的鑰匙，緩慢而艱難地打開我緊閉的心門。

　　我立刻撥通 Line 電話，期待能聽見他的聲音，從語氣中捕捉一絲安慰。然而通話僅僅維持了 28 秒，他便匆匆掛斷，像逃離瘟疫一般，逃開我的關心。

　　這短暫的通話，如同一把鋒利的刀，毫不留情地劃過我的心臟，留下血淋淋的傷口。這……這到底算什麼？我的關心、我的焦慮，在他眼裡，難道真的毫無價值？

　　晚上，我傳了紅醬公司尾牙宴的照片給他。照片裡的熱鬧喧囂，與我孤單落寞的心情形成強烈對比。我特地擺上一瓶紅酒，深邃的酒紅色像流動的血液，更像我此刻翻滾不已、糾結難安的情緒。

　　那不是強顏歡笑的畫面，而是我無聲的傾訴，是無

法言說的思念與孤寂。而我內心，早已被苦澀與失落填滿。

我告訴他：「微醺的時候，特別想你。」這句話，是我鼓起全部勇氣才說出口的真心話。我多麼希望，他能透過這瓶紅酒，感受到我內心的苦澀，給我一個溫暖的回應——哪怕只是一個簡單的表情符號也好。

然而，等待我的，依然是令人窒息的「已讀不回」。

螢幕上那兩個小小的「已讀」，像兩隻冷眼旁觀的眼睛，無情地注視著我，嘲笑我的自作多情，嘲笑我那一廂情願的等待。

深夜 23:16，我再也無法忍受這份沉默與煎熬，又傳了一則訊息：「你這兩天還好嗎？」這短短幾個字，卻承載我無數的擔憂、不安與委屈。「其實，我一直在等你的訊息，但你沒有主動聯絡，回覆也很慢，我⋯⋯我真的有點慌了。你說你回老家辦事，是哪邊？我真的很想知道，你是不是遇到什麼事情？還是心情不好，或者有什麼不方便說的原因？」

我手指顫抖地打著這些字，每一個字都像是從心底擠出來的，帶著血，帶著淚。

我真的希望他能看見我的脆弱、理解我的不安，給我一個解釋，一個擁抱，一個承諾。

「不管發生什麼事，我都希望你能告訴我。我真的

很在乎你,也不是要你做什麼,只是這樣突然的疏離,讓我失去了安全感。

你知道嗎?今天白天我難過到哭了,晚上喝了不少酒,心裡越來越不安,越來越害怕⋯⋯我不知道該怎麼做,才能讓你知道,我願意站在你身邊,陪你一起面對、一起承擔,一起度過所有的難關。」

我不斷地用文字傳達我的思念。淚水,終於奪眶而出。我就像一個溺水的人,拼命掙扎,卻找不到任何可以抓住的浮木。我真的害怕失去他,害怕這段感情,就這樣無疾而終。

「如果你需要空間,我會尊重你,但我只希望你至少能讓我知道你現在好不好。除了⋯⋯除了關於女人的事,我承認,我真的會吃醋,會嫉妒到抓狂,其他的一切,我都可以理解,也願意陪你走下去。我對你的心是真的,感情也是真的。我希望 2025 年,我們能快樂地過每一天,就像跨年那天許下的願望那樣──簡單,卻真誠。」

我不是要勉強魚兒什麼,我只是想讓魚知道,他在我心裡有多重要。重要到⋯⋯我願意為他付出一切,包括我的尊嚴,我的驕傲,甚至⋯⋯我的生命。

然而,螢幕上依然只有那刺眼的「已讀不回」。今夜,如同無數個曾經哭泣的夜晚一樣淒涼,像一場無聲

的暴雨，傾瀉而下，淹沒了我所有的希望、所有的期待、所有的⋯⋯愛。

我的心，徹底碎了，碎成一片片，再也拼湊不回來。

2025 / 01 / 24 (五) 😭

早上 8:16，一陣冰冷的機械提示音劃破清晨的寧靜。螢幕上，孤零零地躺著一張「早安圖」——一張敷衍至極的早安圖！沒有一句問候，沒有一絲關心，只有那廉價的圖案，像一把生鏽的鈍刀，一下、兩下、三下、四下，凌遲著我早已傷痕累累的心。

這，就是他給我的回應？這，就是他對我徹夜難眠、輾轉反側的交代？

8:25，我顫抖著手，回覆了一個貼圖，並小心翼翼地問：「你還好嗎？現在方便通話嗎？」

每一個字都像是從喉嚨深處擠出來的，帶著卑微的祈求，也懷著最後一絲希望。我多麼渴望，哪怕只是一句簡短的「嗯」，也好。只要能聽見他的聲音，就能稍稍安定我懸在半空的心。

然而，螢幕上，那兩個小小的「已讀」再次無情地浮現，像兩把尖刀，狠狠刺進我的眼裡，也刺進我的心裡。

「已讀不回」……又是「已讀不回」！這四個字像魔咒，把我牢牢困住，讓我窒息，讓我絕望。

一股怒火從心底爆發，像火山噴湧般，瞬間吞噬了我的理智。我在心裡狠狠咒罵他——八百次？不，是八千次！八萬次！我恨他的冷漠，恨他的無情，恨他……完全不在乎我！

如果不是因為太愛他，太在乎他，我真的……真的早該放手了！

Let it go! Let it go! Let this fucking pain go!

我像一隻困獸，在愛的牢籠裡瘋狂掙扎，卻始終找不到出口。如果不是還惦記著當初的約定，那句「始於初心，忠於承諾」，如果不是還記得那份讓彼此靈魂共振、心跳加速的默契，我真的……早就放棄了！

我緊緊抓著那些美好的回憶，像溺水的孩子抓著最後一根稻草，不願放手，不甘放手……

如果不是還珍惜這段來之不易的緣分，相信佛祖曾允諾的三聖筊，我真的……早就放手了，真的。

我一再告訴自己：要堅持，要相信，要等待……可是，我的堅持、相信、等待，在他眼裡，到底算什麼？算什麼？算什麼啊！

即使我一直愛著他、在乎他、珍惜他，即使我如此小心翼翼地守護著這段感情，但如果他從未珍惜過，那

我又何必覺得可惜？

　　這段關係，難道只是我一人的獨角戲？只有我一人在唱、在跳、在哭、在笑，直到曲終人散，直到……心死如灰？

　　我……真的好累，好痛……好累，好痛……

　　好想……好想放手……

2025 / 01 / 28 ㈡ 😢

　　魚兒……他消失了，已經好幾天了。像是人間蒸發一般，不曾留下一句話，不曾留下任何痕跡。而我，對他的思念卻像瘋長的野草，分分秒秒地蔓延，肆無忌憚地侵蝕著我的理智，吞噬著我的靈魂。

　　明天就是農曆春節了。家家戶戶張燈結綵，熱鬧地準備過年，可煙火再絢爛、笑聲再嘹亮，也只讓我的孤寂顯得更加刺目。這些日子，我讓自己忙得不可開交──打掃房子、整理屋前屋後、採買年貨……我拼命地讓身體動起來，試圖用忙碌麻痺心裡那道難以癒合的空洞。

　　可是，不管再怎麼忙，我的心仍懸在那裡，空蕩蕩的，就像一具被掏空靈魂的軀殼。我還是忍不住想他，瘋狂地想他。每當停下手邊的事，每當夜深人靜，他的身影、聲音、笑容，總像潮水般洶湧而來，將我一口氣吞沒，讓我喘不過氣。

今天是除夕，大年夜，是一家人吃團圓飯的日子。按照習俗，我去廟裡拜拜。人來人往中，我突然瞥見了一個熟悉的背影——那件外套、那修長的身形、還有那髮型……那一刻，我的心臟狠狠地收縮，跳得像要破開胸膛！

我多麼希望，那個人就是魚兒。我鼓起勇氣靠近，卻發現……只是個很像魚兒的陌生人。希望瞬間破碎，化作鋪天蓋地的失望。眼淚再也止不住，像斷了線的珠子，一顆顆滾落。

回到家，我翻出魚兒送我的唯一一張照片——那張他寫春聯的獨照。還有他與芥菜的合照。照片裡，他只露出一隻手，那隻寬厚溫暖的手……曾輕撫過我臉頰，曾牽著我，在音樂中翩然起舞、快轉慢旋；那隻手如今卻已鬆開，徹底地……放開了我。

今天，我哭了又哭，哭了又哭。鄭姐看不下去，勸我：「禮貌上，發個新年貼圖給他吧！不要管他會不會回，重要的是，你把祝福送出了。」

她說得輕描淡寫，叫我不要在意他回不回……可我怎麼可能不在意？貼圖發出後，我的眼睛死死盯著螢幕，不敢錯過任何變化。直到「已讀」的那一刻——淚水，再次決堤。

我像個迷失在回憶迷宮裡的孩子，跌跌撞撞，卻永遠找不到出口。魚兒……閉上眼，是你；睜開眼，還是你；連在虛幻不實的夢境中，我心心念念的，還是只有你。

　　我多麼渴望在夢裡與你重逢，再次感受你掌心的溫度，再次擁抱你，再次聽你說出那句屬於我的愛語。

　　魚兒，你給我的，是一場深入骨髓、至死方休的愛戀。這份愛，如同致命的毒藥，我明知是飲鴆止渴，卻依然甘之如飴，沉溺其中，無法自拔。

　　命運開了多麼殘酷的玩笑！讓我們以如此浪漫的方式相遇，卻又如此殘忍地將我們拆散。我們的愛，如曇花般絢爛——驚心動魄，卻轉瞬即逝。你就像一束劃破夜空的煙火，在我生命中傾盡所有，璀璨綻放……然後，無聲無息地消失。

　　但那短暫的光芒卻灼燒了我整個人生。這份愛，早已烙印在我的血脈深處，滲入我的靈魂，成為我生命中永不可割捨的一部分。

　　入了心的人，又怎麼可能輕易放下？放不下……真的，我怎麼可能放得下？

　　魚兒啊……你究竟身在何方？你，還好嗎？我……我真的好想你……好想你……

　　魚兒，你可不可以，回來我身邊……再一次……我只想再聽你親口對我說：「畢兒，我一直都在。」

2025 / 01 / 29 ⑶ 😈

大年初一的早晨,手機螢幕在床頭亮起,映入眼簾的是魚兒傳來的一張制式新年賀卡。那簡短的祝福語,像一道冰冷的牆,瞬間隔開了所有的溫暖與連結,空洞而疏離。

「呵,終於還是傳來了啊……」我苦笑著,心底那絲微弱的期待,像風中搖曳的燭火,光芒黯淡,隨時可能熄滅。

我強壓下胸口翻騰的情緒,指尖僵硬地滑動,回傳了一張自己親手製作的電子賀卡。上面堆砌著精心挑選的吉祥話,字字句句都像在努力粉飾太平,偽裝著內心的波濤。

然而,那些表面的客套之下,藏著更深沉的渴望──渴望他能像從前一樣關心我的冷暖,渴望他能為這幾天的音訊全無,給出一個哪怕只是敷衍的解釋。

就在這時,「畢兒,最近有在想我嗎?」魚兒突如其來的一句話,像一塊巨石猛地投入我洶湧難平的心湖,激起層層疊疊的漣漪,瞬間打破了表面的平靜。

「你說呢?」我故作鎮定地反問,沒有直接給出答案。因為答案早已呼之欲出──我的思念如同潮水,日夜不停地拍打著心房,幾乎要將我淹沒。

他的突然消失,讓這個冬天顯得格外漫長,寒冷刺

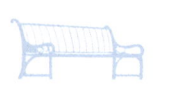

骨。凍僵的不只是身體,還有那顆為他跳動的心。那段音訊全無的日子,我的心像被掏空,與現實世界徹底失去連結,只剩下無盡的虛無與茫然。我甚至想起那天的那場傾盆大雨,我像個失魂落魄的遊魂般,漫無目的地駕車在街上遊蕩,任由冰冷的雨水模糊視線,也模糊了整個世界。要不是車子的自動偵測器偵測到路邊行人,發出刺耳的警報聲,將我從恍惚中拉回,我或許真的會釀成無法挽回的悲劇。

「所以,你到底在忙什麼?」我還是忍不住想探尋真相,語氣中藏著一絲連自己都難以察覺的委屈與期盼。

他依舊避重就輕,沒有正面回答,只是帶著笑意說:「小年夜我有包水餃給你耶!本來想送過去,但太晚了,怕吵醒你就作罷了。」末了,還附上一個可愛的「愛你」貼圖。

心裡泛起一陣難以名狀的酸楚,像吞下了一顆未熟透的青梅,又澀又苦。我心知肚明,那不過是一個拙劣的謊言,一個用來搪塞的藉口。

可我還是選擇配合他的演出,強顏歡笑地順著他的話說:「真的嗎?要是你真送來了,我一定會立刻煮好,然後和你一起分享這些熱騰騰的金元寶,讓我們的愛情也像金元寶一樣,溫暖飽滿,閃耀著光芒!」

魚兒卻對這句話視而不見,沒有任何回應,只是輕

描淡寫地轉移話題，說自己正在排隊領福袋。我不願再自討沒趣，也不想繼續這場自欺欺人的對話。只好勉強擠出一絲笑容，說自己在炸年糕，問他要不要過來一起吃。

晚上，手機再次震動，屏幕上顯示著魚兒的訊息：「我在值守望相助的班。」

壓抑已久的情緒，終於像積蓄的火山般爆發，再也無法忍受他這種忽冷忽熱、若即若離的態度。我深吸一口氣，努力壓下心頭的怒火，語氣嚴肅而堅定地打字：「以後不要再這樣無預警地失聯那麼久、不理我，我會擔心。」

然而，他的回覆卻像一盆冰冷的寒水，瞬間將我從頭到腳澆個透涼：「你不要那麼喜歡我好嗎？我不是你的真命天子！把我當普通朋友就好了，這樣你我都沒有壓力……」

我徹底愣住了，握著手機的手止不住地顫抖。那些冰冷的字句像一把把鋒利的刀，狠狠地、精準地刺進我心最柔軟的地方。我努力穩住心神，指尖顫抖著輸入訊息：「你有女朋友了嗎？」

他回答：「我目前沒有要好的女朋友。我很享受獨立，也很享受目前自在的生活……而且我的觀念很保守，不跟女人搞曖昧關係……」

不跟女人搞曖昧關係？我的心猛地一沉，彷彿墜入

了無底深淵——冰冷、黑暗,不見一絲光亮。

「可是我們這樣,難道不算曖昧嗎?」我手指顫抖著打字問出這個困擾已久的問題。

魚兒卻只輕描淡寫地回說:「水裡來火裡去,那才叫曖昧關係。」

我氣得幾乎要失去理智,怒火中燒,手忙腳亂地在螢幕上狂打字,想質問他、想斥責他,卻因為情緒過於激動,指尖在鍵盤上混亂地跳躍,打出的字句錯字連篇,語無倫次。最後,只能狠狠不堪地將訊息全部收回。魚兒見狀,似乎覺得很有趣,竟然還笑著打趣說:「你想我想到快發瘋囉?」

「可以打電話嗎?」我抱著最後一絲微弱的希望,輕聲懇求。

「不行,在執勤。」他果斷地拒絕,語氣中沒有絲毫猶豫或憐憫。

我無力地放下手機,胸口像壓著一塊巨大的石頭,沉重得幾乎喘不過氣。思緒一片混亂,過去他對我說過的每一句話、做過的每一個舉動,像破碎的幻燈片般,在腦海裡快速閃過——那些看似無心的曖昧撩撥、無微不至的關心、甚至偶爾試探性的觸碰⋯⋯如果這些都不算曖昧,那什麼才是曖昧?

難道,一直以來,都只是我一個人的一廂情願、自

作多情？我忽然感到一陣極致的荒謬與可笑。原來我才是那個傻傻入戲的小丑，那個被他輕描淡寫玩弄於股掌間的傻瓜。

「王八蛋，渾蛋。」我喃喃地咒罵著，聲音微弱得幾乎聽不見，眼淚卻像壞掉的水龍頭，一發不可收拾地湧出。我真的遇上了那種人嗎？那種外表溫柔和煦，內心卻冷得像冰窖的人？我真的被他用輕描淡寫的幾句話就徹底擊垮了嗎？我真的被他用柔情包裹的謊言，一次又一次地推入絕望的深淵嗎？

我甚至一度想，是不是該像新聞裡那些人一樣，把這一切說出來，讓世界看見那個柔聲細語卻讓人遍體鱗傷的人？

我不知道答案，我真的什麼都不知道。只知道——這個冬天，真的太漫長了，漫長到我幾乎要忘了，春天究竟是什麼模樣了。

2025 / 01 / 30 (四) 😠

大年初二，本該是家家戶戶歡喜團圓的日子。我和妹妹一家人，還有爸爸，也不例外。

我們在餐廳裡熱熱鬧鬧地吃著團圓飯，桌上擺滿了豐盛的菜餚，色香味俱全，親人談笑風生，孩子們嬉戲打鬧，連空氣裡都瀰漫著節日的暖意，溫馨而熱鬧。但

我卻食之無味，心不在焉。

飯後，我們到大埤塘邊曬太陽、發紅包。看著爸爸收到那麼多紅包時，開心地像個孩子般，讓人忍不住跟著開心起來。

這一切，本該是溫暖而幸福的日子。可我的心，卻像是被拋進埤塘的最深處——冰冷、死寂，沒有一絲波瀾，沒有一點生機。

他，依舊沒有任何消息，就像一顆石子沉入海底，杳無音信。他，又要再次消失了嗎？又要把我丟進那無盡的等待與煎熬之中嗎？

直到下午兩點，手機終於震動了一下——不是訊息，不是問候，而是一張制式的貼圖：「大年初二回娘家拜年！」一張可愛的貼圖，語氣輕飄飄的，彷彿只是例行公事，草草了事。

我盯著螢幕，心頭湧起一股無法壓抑的憤怒與悲涼，嘴角勾起一抹苦澀的冷笑。

這算什麼？昨晚我還因為他的一句話輾轉反側，難以成眠；而他，卻連一句解釋都懶得說，只丟來一張毫無溫度的貼圖就想打發我？

我沉默良久，任由委屈和不甘在心底不斷蔓延，最終只淡淡地傳了兩張埤塘的照片。照片裡，陽光明媚，水波盪漾，一切看起來平靜如常，歲月靜好。但我心裡

清楚，我的心情遠不像那片平靜的湖面，而更像是暴風雨過後的湖底——混亂不堪，沉悶壓抑。

因為我還在氣頭上，還在為昨天那句「水裡來火裡去才叫曖昧關係」深感不甘與屈辱。

呵，好一個「水裡來火裡去」！那過去那些試探的話語呢？那些曖昧不明的訊息呢？那些故意撩撥、挑動人心的舉動呢？那些讓我心跳加速、臉紅心跳的瞬間，難道都是幻覺、都是我自作多情？

如果這些都不算曖昧，那什麼才是曖昧？我到底算什麼？普通朋友？一個玩伴？還是——一個被魚兒玩弄感情後，隨手丟棄的可憐鬼？

一陣冷風吹過，湖面掀起細碎的漣漪，陽光依舊耀眼溫暖，我卻覺得刺骨的寒冷，彷彿身處冰窖之中。

夠了！真的夠了！

我狠狠地關掉手機，壓下心底翻湧的情緒，轉身起身，頭也不回地離開這片虛偽的溫暖。這場荒謬的感情戲，我不想再演下去了。我不想再扮演那個傻傻等待、默默付出的角色了。

回到家後，我忍不住向鄭姐傾訴心中所有的委屈與壓抑。她聽完，氣得拍桌說：「你早就該覺悟了！他就是一個不折不扣的薄情郎，要是我，早就跑得遠遠的了。只有你這傻瓜，還傻傻地配合他演戲，真是沒救了！」

我開始懷疑自己了!這段若有似無、曖昧不清的關係,真的值得繼續嗎?我開始產生覺醒與抗拒。我不想再被他牽著鼻子走,不想再當那個總是被動等待的角色。我想要掌握主動權,我想要為自己而活,我想要擺脫這段讓我痛苦不堪的關係。

　　可是,我逃得掉命運的安排嗎?我逃得出如來佛的手掌心嗎?還是說,我註定要困在這段名不正言不順的關係裡,永遠無法解脫?

　　我掙扎著、痛苦著,卻彷彿被無形的絲線緊緊纏繞,越是掙脫越是無力。難道,這就是我的宿命嗎?

2025 / 01 / 31 (五) 😢

　　早上 9:10,手機螢幕亮起,一張制式的拜年貼圖閃入眼簾。那一刻,它像一把淬毒的匕首,狠狠刺穿我苦心營造的平靜假象,鮮血直流,痛徹心扉。

　　我顫抖著手指,勉強擠出幾個字回覆,只為裝作若無其事,只為欺騙自己,一切都已經結束——我們不過是曾擦肩而過的陌生人,曾經的故事,早已畫下句點。

　　但 10:15 的回覆,卻成了我溺水時緊抓的最後一根稻草。我明知前方是萬丈深淵,卻還是緊握那絲微弱、近乎絕望的希望。我回傳了拜年貼圖,客套疏離,彷彿我們從未相知相惜、從未擁有過彼此。

是啊,只是「像極了愛情」罷了。然後,是死寂,是如墨般的黑暗緩緩吞噬,失望與絕望如潮水般淹沒我整個人……接著,就再也沒有消息了。

真的……就這樣結束了嗎?

那些一起揮汗的記憶,那些對我說過的每一句話,那些刻骨銘心的溫柔,如今都像一場華麗的幻夢。夢醒時分,空無一物,煙消雲散。而我,獨自站在原地,抱著支離破碎的回憶,瑟瑟發抖。

我強裝堅強,低聲自語:「沒關係,魚兒,你好好過。我會慢慢醒來。」但我心裡知道,那不過是一句蒼白無力的自我安慰,是飲鴆止渴的謊言。醒來的過程會有多痛?會經歷多少個無眠的夜晚?會流乾多少眼淚?我不敢想,也無從想。

但即使如此,我也只能咬緊牙關,默默承受。因為我知道,我已經失去了魚兒,失去了我生命中最重要的一部分。

2025 / 02 / 01 (六) 😢

潮起潮落,方知世事無常,人生如戲。前一刻還春暖花開、生機盎然,下一秒便跌入寒冬、萬籟俱寂。

昨天還甜言蜜語、情話綿綿,恨不得摘星攬月;一夜之隔,卻變成惡語相向,字字如刀,句句誅心。

前一晚還山盟海誓、情深似海，執手相看淚眼；隔日卻已冷漠疏離，輕輕一句「真歹勢」，便將所有承諾化為泡影。

　　「已讀不回」──永遠是魚兒敷衍的標準答案，無聲的譏諷，冰冷的拒絕。

　　鄭姐一語道破：「你想跟他走過餘生的風風雨雨，卻沒想到，所有的風風雨雨，從頭到尾都是他帶給你的。」她語重心長地勸我：「愛情，就像一團熊熊烈火。熱戀時的炙熱，溫暖彼此的心，但再燦爛的煙火，終究會墜落熄滅。何況，你們之間根本只是『像極了愛情』的曖昧假象。他甚至連曖昧都不承認！你們還在這種若有似無的關係中，他就敢隨意掛你電話、對你搞消失，萬一你們關係真的更進一步，還有什麼事情是他不敢做的……所以，趁早放手吧，別再傻下去了。他不回你訊息，不就是最直接的拒絕嗎？他早已用行動說『不』了，你怎麼還看不懂？捂不熱的石頭心就別再捂了；敲不開的鐵石門就別再敲了。放棄吧！我早跟你說過，如果是我，早就跑得遠遠的了。」

　　我知道，我全都知道。但知道卻辦不到，要怎麼辦呢？我理智再清醒，還是做不到呀。

　　我該怎麼辦？我真的好痛苦。夜夜輾轉難眠，什麼也改變不了，只能一遍又一遍在心裡告訴自己：「鐘鼓

饌玉,終究無味。但願長醉,不復醒。」

如果醉能讓我遺忘,我願沉淪,不再清醒。半生風雨半身傷,半句別恨半心涼。半夜夢迴無人應,一念成殤兩眼茫。

舊事如潮,洶湧上岸,我卻無處逃藏。説好的放下,卻在每個靜夜,將你一遍遍重想。心中那盞燈,不願滅,也不肯亮,照得過往曖昧模糊,照不出未來的清光。我用沉默送你遠行,也用寂寞把我自己埋葬。若你從此無聲,那我便不再言愛,不再癡望。

可是,我能嗎?我真的能做到嗎?做到此後餘生,再無交集?做到徹底放下,讓這段感情隨時間洪流淡去,再也不回頭?

2025 / 02 / 02 (日) 😠

大年初五,魚兒傳來一張迎接財神的拜年圖。而我卻鬼使神差地,撥了電話給他。通了 17 分 25 秒。時間彷彿凝固,每一秒都像一把鈍刀,一下一下凌遲著我的心。

他説今天不去運動,要去幫朋友載東西。我追問是什麼事、載什麼,他卻支支吾吾,含糊其辭,什麼也不肯説清楚。我的心,瞬間涼了一半,如同深水沒頂,窒息。

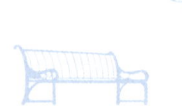

但我仍不甘心。我始終放不下前幾天他脫口而出的那句話，也想知道這場讓我撕心裂肺的關係，在他眼裡到底算什麼？於是我鼓起勇氣試圖溝通：「你說，水裡來火裡去，那才叫曖昧關係。那我們呢？我們的關係，在你眼裡真的不是曖昧嗎？」

我想要一個確切的答案。他卻像個耍賴的屁孩，用幼稚擺爛的語氣一遍又一遍地叫囂：「……那你去告我呀，告我呀，告我呀……」

那一瞬間，我真的氣到眼冒金星，怒火直衝腦門，手腳止不住地顫抖。血液沸騰，頭頂彷彿冒著熊熊火焰，我快要炸裂，簡直快要吐血……

一股衝動的情緒壓也壓不住，我抓起車鑰匙，衝出車庫，直奔他家方向。我要找他當面對質，問清楚他到底把我當成什麼！我怒火中燒，無法接受他那副毫無歉意，滿溢輕蔑的神情……

新聞稿

休旅車疑似車速過快 過彎失控撞山壁 駕駛受傷送醫救治

【記者XXX／綜合報導】2025年2月2日今日上午XX時許，桃園市龜山區發生一起自撞事故。一輛白色休旅車行經蜿蜒山路時，疑似因車速

過快，轉彎處失控衝向山壁，車頭嚴重毀損。女駕駛受傷，目前已由救護人員送往 XX 醫院救治。

據現場目擊者指出，事故發生當下該車行駛速度相當快，疑似未及時減速，導致彎道失控。「只聽見一聲巨響，轉頭一看，車子已經撞上山壁，車頭全毀，安全氣囊也爆開了。」一名目擊民眾表示。

消防人員接獲報案後迅速抵達現場，發現女駕駛意識模糊、傷勢不輕，經初步包紮後緊急送醫。事故也一度導致該路段交通受阻，警方已介入調查，釐清是否涉及超速、駕駛失當或其他因素。

警方提醒，行駛山區或彎道路段時，務必減速慢行，以確保行車安全。

―THE END―

【後記】

在另一個季節與你相遇

　　循著前世的記憶，我再次來到這裡。在未來的那一世，無論我們身在何方，依舊能輕易地找到彼此，如同從前般自然地互相吸引。這份深情與緣分，源自靈魂的共鳴與頻率一致的交流，讓我堅信：前世的牽絆不會消失。

　　因為這段姻緣，是佛祖賜予的恩典。祂允諾我們在三生三世的輪迴中得以重逢，讓我們的愛如星辰般，恆久閃耀。來世的我們不再煎熬，靈魂將相依相融，仿若在這無垠宇宙中，唯有彼此的存在才最真切。我們的笑聲與對話，彷彿重現幾世前的旋律，悠揚而動人。

春天的相遇

　　那是陽光明媚的初春清晨，湖畔靜謐，晨光輕灑，微風拂面，花香四溢。我身著白裙，如晨曦中的精靈輕步前行，仿若畫中人。湖水映照著我，時間凝止，萬物靜默，只為這場相遇。

　　你穿著淺藍襯衫，猶如晨光中的騎士，清新雅致，與自然融為一體。你的目光溫柔而堅定，彷彿能穿透靈魂深處。當你向我走來，那一抹微笑，照亮了整個世界。

我們的目光交會,熟悉的悸動油然而生,彷彿早已認識彼此。你伸手將我擁入懷中,心跳驟然加速,湖面泛起漣漪,為我們的相遇奏起樂章。你輕輕旋轉我,我們的心跳在節奏中同步——那是命運的節拍。

　　這份愛如春水般澄澈透明,承載著前世的情緣,讓我們在此刻相遇,寫下屬於我們的愛情篇章。

秋天的相遇

　　金黃的秋日,樹葉似燃燒的焰火,隨風輕舞,落在柔軟的草地上。陽光穿過樹梢,灑下斑駁光影,大地披上一層溫暖金衣。我漫步其中,果實的香氣隨風而來,心中盈滿喜悅。

　　你從小徑的盡頭走來,身穿深咖啡色外套,與周遭秋色融為一體。你的眼神如秋空般澄澈,帶著溫柔笑意,令人心安。當你看見我,微笑中閃過一絲驚喜,彷彿在說:「我們終於又見面了。」

　　在飄落的葉片中,我們的目光再度交會,心中升起一股無法言喻的熟悉感。我走向你,滿懷期待。你伸出手,邀我漫步這秋日黃昏,我們沿著落葉前行,笑聲在空氣中迴盪。

　　這場相遇,如秋日畫卷般溫暖美好。承載前世的記憶,我們再次找到了彼此,並續寫這份情緣。

冬天的相遇

　　寒冬裡,白雪覆蓋大地,世界如同一幅純淨畫作。雪花輕舞,落在我的髮間與肩上,冰涼而清新。我裹著圍巾,行走在寂靜的雪地中,心中充滿期待。

　　此時,你的身影出現在前方,身穿那件熟悉的深色大衣──正是你前世常穿的那一件。你臉頰微紅,眉眼間透出溫暖。雪花在你四周飛舞,你的笑容像冬日陽光,明亮而溫柔。

　　我們在雪中凝視彼此,心底浮現深深的連結。寒風吹起,雪花盤旋,那一刻彷彿夢境。我朝你走近,心中滿是悸動與喜悅。

　　你伸出手,邀我堆雪人。笑聲迴盪在雪野之中,我們的心跳在寧靜中交融。這一刻,寒冷與孤單都被驅散──只剩我們與這潔白的季節。

　　在這如夢似幻的雪地裡,我們的愛情閃耀如冬雪,純粹而動人,終於成就這段跨越輪迴的情緣。

為什麼不在夏天相遇?
「不必了。因為這一世,我們便是在夏天相遇的,太煎熬了。未來若能在這三季中的任一時刻重逢,已是極大的幸福。」

N 世代人文精神的文藝復興

早上，在台北訂購了一本書送給遠在紐約的朋友，
晚餐後，你們已經一同分享書裡的笑話。

一條新的絲路已然成形，
流通模式不再是商品經濟，
而是知識經濟，
新絲路網路書店與華文網網路書店
為新世代的知識流通寫下新頁。

極致的尊崇、無上的便利、滿載的豐收
——線上愛書人最佳的藝文據點及諮詢顧問。

新絲路華文網 網路書店為您提供四大服務：

1. 便利商店出貨滿額免運費、團購優惠
2. 讀書樂留言、好書隨意貼、推薦給好友
3. 紅利積點回饋、VIP 會員入會贈書
4. 免費訂閱電子報

新絲路網路書店　www.silkbook.com　　　華文網網路書店　www.book4u.com.tw

知識・服務・新思路　Your Personal Knowledge Service

● 客服專線： 02-2226-7768
● 客戶服務傳真： 02-8226-7496
● E-mail： service@mail.book4u.com.tw
● 客服時間： 09:00-12:00、13:30-18:30（週一至週五）
●(235)新北市中和區中山路三段120-10號（青年廣場）B1

像極了愛情

出版者●集夢坊
作者●游碧玉
印行者●全球華文聯合出版平台
總顧問●王寶玲
出版總監●歐綾纖
副總編輯●陳雅貞
責任編輯●吳欣怡
美術設計●陳君鳳
內文排版●王鴻立

國家圖書館出版品預行編目（CIP）資料

像極了愛情／游碧玉 著
-- 新北市：集夢坊出版，采舍國際有限公司發行
2025.9　面；　公分
ISBN 978-626-97821-6-1（平裝）
1.散文　2.日記　3.愛情

863.55　　　　　　　　　　114008781

台灣出版中心●新北市中和區中山路2段366巷10號10樓
電話●(02)2248-7896　　　傳真●(02)2248-7758
ISBN●978-626-97821-6-1
出版日期●2025年9月初版

郵撥帳號●50017206采舍國際有限公司（郵撥購買，請另付一成郵資）
全球華文國際市場總代理●采舍國際 www.silkbook.com
地址●新北市中和區中山路3段120-10號（青年廣場）B1
電話●(02)2226-7768　　　傳真●(02)8226-7496

全系列書系永久陳列展示中心
新絲路書店●新北市中和區中山路3段120-10號（青年廣場）B1
電話●(02)2226-7768
新絲路網路書店●www.silkbook.com
華文網網路書店●www.book4u.com.tw

跨視界・雲閱讀 新絲路電子書城 全文免費下載　silkbook●com

版權所有　翻印必究

本書係透過全球華文聯合出版平台（www.book4u.com.tw）印行，並委由采舍國際有限公司（www.silkbook.com）總經銷。採減碳印製流程，碳足跡追蹤，並使用優質中性紙（Acid & Alkali Free）通過綠色碳中和印刷認證，最符歐盟＆東盟環保要求。